Tucholsky Wagner Zola Scott Sydow Freud Schlegel
Turgenev Wallace Fonatne Twain Walther von der Vogelweide Fouqué Friedrich II. von Preußen
Weber Freiligrath Frey
Fechner Fichte Weiße Rose von Fallersleben Kant Ernst Frommel
Richthofen
Engels Fielding Hölderlin
Fehrs Faber Flaubert Eichendorff Tacitus Dumas
Eliasberg Ebner Eschenbach
Feuerbach Maximilian I. von Habsburg Fock Zweig Eliot Vergil
Ewald
Goethe Elisabeth von Österreich London
Mendelssohn Balzac Shakespeare Dostojewski Ganghofer
Trackl Lichtenberg Rathenau Doyle Gjellerup
Stevenson Hambruch
Mommsen Tolstoi Lenz Droste-Hülshoff
Thoma Hanrieder
Dach von Arnim Hägele Hauff Humboldt
Verne
Karrillon Reuter Rousseau Hagen Hauptmann Gautier
Garschin
Damaschke Defoe Hebbel Baudelaire
Descartes
Hegel Kussmaul Herder
Wolfram von Eschenbach Dickens Schopenhauer Rilke George
Bronner Darwin Melville Grimm Jerome
Campe Horváth Aristoteles Bebel Proust
Bismarck Vigny Voltaire Federer Herodot
Gengenbach Barlach Heine
Storm Casanova Tersteegen Grillparzer Georgy
Chamberlain Lessing Langbein Gilm Gryphius
Brentano Lafontaine
Strachwitz Claudius Schiller Kralik Iffland Sokrates
Schilling
Katharina II. von Rußland Bellamy Raabe Gibbon Tschechow
Gerstäcker
Löns Hesse Hoffmann Gogol Wilde Vulpius
Luther Heym Hofmannsthal Gleim
Roth Klee Hölty Morgenstern Goedicke
Heyse Klopstock Kleist
Luxemburg Puschkin Homer Mörike Musil
Machiavelli La Roche Horaz
Navarra Aurel Musset Kierkegaard Kraft Kraus
Nestroy Marie de France Lamprecht Kind Kirchhoff Hugo Moltke
Laotse Ipsen Liebknecht
Nietzsche Nansen
Marx Lassalle Gorki Klett Ringelnatz
von Ossietzky Leibniz
May vom Stein Lawrence Irving
Petalozzi Knigge
Platon Michelangelo Kafka
Pückler Kock
Sachs Poe Liebermann
de Sade Praetorius Mistral Zetkin Korolenko

Der Verlag tredition aus Hamburg veröffentlicht in der Reihe **TREDITION CLASSICS** Werke aus mehr als zwei Jahrtausenden. Diese waren zu einem Großteil vergriffen oder nur noch antiquarisch erhältlich.

Symbolfigur für **TREDITION CLASSICS** ist Johannes Gutenberg (1400 — 1468), der Erfinder des Buchdrucks mit Metalllettern und der Druckerpresse.

Mit der Buchreihe **TREDITION CLASSICS** verfolgt tredition das Ziel, tausende Klassiker der Weltliteratur verschiedener Sprachen wieder als gedruckte Bücher aufzulegen – und das weltweit!

Die Buchreihe dient zur Bewahrung der Literatur und Förderung der Kultur. Sie trägt so dazu bei, dass viele tausend Werke nicht in Vergessenheit geraten.

Die Blüchertrompete

Eine Geschichte aus der Lüneburger Heide

Ludwig Salomon

Impressum

Autor: Ludwig Salomon
Umschlagkonzept: toepferschumann, Berlin

Verlag: tredition GmbH, Hamburg
ISBN: 978-3-8424-1398-6
Printed in Germany

Ziel der TREDITION CLASSICS ist es, tausende deutsch- und fremdsprachige Klassiker wieder in Buchform verfügbar zu machen. Die Werke wurden eingescannt und digitalisiert. Dadurch können etwaige Fehler nicht komplett ausgeschlossen werden. Unsere Kooperationspartner und wir von tredition versuchen, die Werke bestmöglich zu bearbeiten. Sollten Sie trotzdem einen Fehler finden, bitten wir diesen zu entschuldigen. Die Rechtschreibung der Originalausgabe wurde unverändert übernommen. Daher können sich hinsichtlich der Schreibweise Widersprüche zu der heutigen Rechtschreibung ergeben.

Text der Originalausgabe

Ludwig Salomon

Die Blüchertrompete

Eine Geschichte aus der Lüneburger Heide

Separat-Ausgabe

Meiner lieben Frau,

der treuen Begleiterin
auf meinen literarischen Pfaden,

herzlich zugeeignet.

Vorwort zur dritten Ausgabe

Als vor nunmehr fünfunddreißig Jahren der Verfasser diese Geschichte eines Blücherschen Trompeters schrieb, durchzitterte das deutsche Volk noch die heftige Erregung des soeben erst zum Abschluß gebrachten Kampfes mit Frankreich; doch zugleich blickte die ganze Nation auch mit hochgestimmter Freude auf das wiedererstandene Reich, das so lange die Sehnsucht aller Patrioten gewesen, für das die Väter gelitten und selbst in Kerkern geschmachtet hatten. Mit tiefklopfendem Herzen schauten aller Augen zu dem stolzen Gebäude empor – jetzt endlich stand Deutschland wieder groß und mächtig da, jetzt endlich durfte man sich wieder stolz einen Deutschen nennen!

Diese Freude ist auch die Grundstimmung der vorliegenden Erzählung, sie mag heute, da wir den Ereignissen ferner stehen, vielleicht diesem und jenem zu enthusiastisch erscheinen; mancher will sich vielleicht auch nicht mehr an all die Schmerzen erinnern lassen, die einst nach den Befreiungskriegen erduldet werden mußten, an jene trüben Jahre, in denen sich der Trompeter hinausflüchtete in die Einsamkeit der Lüneburger Heide.

Doch wir müssen die Entwicklungsgeschichte Deutschlands jetzt nehmen wie sie sich vollzogen hat; es war die Entwicklung einer Herzensgeschichte, die mit den Märztagen von 1813 begann, als der Aufruf »An mein Volk!« in die Lande flog, und mit der Proklamation im Spiegelsaale zu Versailles im Januar 1871 ihren glorreichen Abschluß fand – eine ewig denkwürdige Zeit, auf die wir, auch auf ihre Irrungen und Wirrungen, nie ohne Rührung zurückblicken können!

Auch in den Schicksalen meines Blücherschen Trompeters spiegeln sich die großen Ereignisse wider; möchte auch der neuen Generation das Herz höher schlagen, wenn der Trompeter nach dem langen schweren Wege von 1813 bis zu 1871 mit so hellem Jubel ins Horn stößt. Ich hoffe es.

Also froher Mut zur neuen Ausfahrt, lieber Trompeter!

Dornburg a. d. Saale, im Dezember 1908.

Der Verfasser.

Man hat mir bisweilen den Vorwurf gemacht, daß ich eine weit größere Neigung für die Insekten hege, als für meine nächsten Verwandten. Das ist eine Übertreibung, der ich mit Entschiedenheit entgegentreten muß, und dennoch scheint es, als spräche ich die Unwahrheit, wenn ich zugebe, daß ich erst kürzlich wieder muntere, liebe Gesellschaft verließ und hinwegzog – den Insekten nach. In der Tat hätte man da meinen können, es gingen mir die Kerbtiere, präziser gesagt die *Insecta hexapoda,* über alles, als wäre es mir ganz gleichgiltig gewesen, daß schöne Augen mir tränenumflort und nicht ohne Groll nachschauten.

Wir hatten von Göttingen aus, den prächtigen September, den schönsten Reisemonat für den Harz, benutzend, eine fröhliche Gebirgsreise unternommen, einige Studienfreunde von mir, die eben erst den schweren Feldzug von 1870 bis 1871 überstanden hatten, deren Schwestern, eine meiner Tanten und ich.

Von vornherein hatte ich zur allgemeinen Kenntnis gebracht, daß ich noch zu meiner wissenschaftlichen Arbeit über jene Insektengattung, die mir Gelehrte »Diptera« nennen, einen Streifzug durch die norddeutsche Ebene unternehmen müsse (wollte ich nicht noch länger kümmerlicher Privatdozent bleiben, hatte ich mir im stillen ergänzt). Man hatte das aber nicht so recht ernst genommen, und als ich auf dem Brocken, trotz aller Überredungskünste, bald nach dem Sonnenaufgang Abschied nahm, da mußte ich doch sehen, daß man mir das Festhalten an meinem Wort übel nahm. Aber die, der damals das Weinen am nächsten war, die ist jetzt sehr damit zufrieden, daß ich damals ging, trotzdem ihr – es hilft alles nichts, ich muß es doch sagen – noch heute das rechte Verständnis für eine Wissenschaft fehlt, die schon mit Aristoteles beginnt. –

Ich stolperte nicht ganz so behaglich, wie ich mir wohl den Anschein gab, den alten Hexenberg nordwärts hinab. Bald saß ich im sausenden Eisenbahnwagen; Dörfer und Städte flogen an mir vorüber, und ehe ich es mir versah, war ich in Ülzen angekommen, der kleinen Station, von der aus ich hineindringen wollte in die Lüneburger Heide.

Nach einer Nachtruhe in dem kleinen, stillen Städtchen trat ich am andern Morgen meine Wanderung an. Anfangs führte der Weg durch einen kleinen Kiefernwald, dann lichtete er sich, einige Birken standen noch hie und da am Raine, nach und nach wurde es immer stiller um mich, der Weg verlor sich unter Riedgras und Heidekraut, und hinein schritt ich in die öde Steppe.

Die einförmige Umgebung zog mich nicht an, ich war daher bald wieder mit allen meinen Gedanken in dem eben verlassenen romantischen Harz, in dem Kreise der heiteren Gesellschaft. Große blaue Augen sah ich mir entgegenglänzen, fröhliches Gelächter und leise Schmeichelworte klangen mir im Ohr – und immer weiter wanderte ich in die Heide hinein. Die Sonne stand fast über mir, als ich endlich wieder an meine Insekten dachte.

Langsamer schritt ich noch einen kleinen sandigen Hügel hinan und stand erschöpft still. Verwundert schaute ich mich um. Kein Baum, kein Strauch, kein Dorf, keine Kirchturmspitze war zu erblicken. Bis rings an den Horizont schweifte das Auge ohne Ruhepunkt über eine schier endlos ausgebreitete, von einem leichten blauen Duft überzogene Ebene. Weite Strecken waren mit Erika überdeckt, deren lilafarbene Blüten der Landschaft eine weichmelancholische Stimmung verliehen, die ganz mit der schwermütigen, lautlosen Stille harmonierte, deren unsichtbarer Schleier über die traumumfangene Steppe gebreitet war.

Mir ward es unheimlich zumute in der bedrückenden Leere – da griff ich schnell nach dem mitgenommenen Bande von Burmeisters Entomologie und vertiefte mich in die entsetzliche Klasse der *Diptera*. Nach kurzer Information drangen dann meine Blicke in das verfilzte Heidekraut, das, jetzt bemerkte ich es erst, mit seinen tausenden von zarten Blütenglöckchen in dieser erstaunlichen Üppigkeit einen entzückenden Anblick gewährte.

Vorsichtig bog ich, so gut es ging, die Zweige des Heidekrautes auseinander und wäre nun vor Erstaunen beinahe zurückgeprallt. Zu meiner höchsten Überraschung schaute ich da unten zwischen den Zweigen und halb offen liegenden Wurzeln ein reiches, buntes Leben und Treiben, wie es mir in dieser Fülle noch nie vorgekommen war. Da trieben sich Käfer aus allen Familien herum; da krochen *Coleoptera*, *Hymenoptera* und *Neuroptera*; da hakten die seltensten Erdspinnen um die braunen Erikazweige; da krabbelte und wimmelte es von prächtigen Exemplaren, daß ich hätte aufjauchzen mögen vor Freude. Schnell hatte ich meine Insektennadeln zur Hand, vorsichtig kniete ich nieder und legte mich auf die Lauer.

Ich brauchte auch nicht lange zu warten, so kam schon ein langbeiniger Gevatter, den ich in der Umgegend von Göttingen seit Jahren vergeblich gesucht hatte, ein Kerl mit so wunderbar gegliederten Kauplatten, mit so charakteristisch entwickelter *mandibula*, daß jedes Naturalienkabinett damit Staat machen konnte. Er mochte sich sehr wundern, als ich ihn kunstgerecht aufspießte und ihm mit etwas Schwefeläther das Lebenslicht ausblies. Kaum hatte ich Zeit, die erste Eroberung in die Schachtel zu stecken, so marschierte schon ein anderer Gesell daher, ein Prachtexemplar seiner Art, unbesorgt um den spitzen Stahl, der ihm gleich darauf tückisch zwischen den Flügeln in den goldglänzenden Brustkasten drang. Nun zog ein Trupp Ameisen heran, der verscheuchte und verdrängte mir alles. Abscheuliche Gesellschaft, diese Ameisen!

Ich stand auf und ging einige Schritte weiter. Mir war es, als hätte die ganze Öde auf einmal Leben bekommen. Bienen summten geschäftig an mir vorüber und hingen sich in die Blütenkelche des Heidekrautes, schwerfällige schwarze Hummeln brummten hin und her, eine goldgrüne Eidechse schlüpfte mir über den Fuß und eine Feldmaus rasselte erschrocken durch das dürre Ried. Ich befand mich in der Tat in der amüsantesten Gesellschaft.

Ich legte mich wieder nieder und begann meine Jagden aufs neue. Und es drängte sich eine Überraschung auf die andere. Ein Schächtelchen nach dem andern füllte sich mit Beute, so daß ich in der Hitze des Gefechtes und in der hellen Freude, meine Insektensammlung so prächtig bereichern zu können, die Stunden vergaß, die mir pfeilschnell dahin schossen.

Erschöpft von der stetig gebückten Haltung und der drückenden Schwüle richtete ich mich endlich auf und bemerkte nun verwundert, daß die Sonne bereits nahe am Horizonte stand. Ich blickte rings umher, mir war es, als wäre ich von einem Traume erwacht. Meine Augen schweiften über das weite, kahle Land; ich lauschte auf einen Laut – alles war still, totenstill. Die ganze Heide erschien mir nun wieder so öde und verlassen, wie am Morgen – und ich stand mitten in dieser Wüste ganz allein!

Ein Grauen überfiel mich. Ich forschte am Horizonte; von woher war ich doch gekommen! Die Sonne sank tiefer, ein gelbes flimmerndes Licht legte sich weithin um den Horizont, hinter welchem die rote Scheibe zu verschwinden begann. Ein dunstiges fahles Halblicht breitete sich leise über die düstere braune Wüste.

Mir wurde es bang ums Herz. Ich hatte zu lange auf der Erde gelegen; wie sollte ich nun den Rückweg finden. Ich horchte mit erneuter Anstrengung auf – alles still – totenstill – kein Laut in dieser entsetzlichen Einsamkeit.

Eine Todesschwermut beschleicht mich. Das Licht der scheidenden Sonne wird röter und röter – noch immer stehe ich ratlos da. Der Purpur des Abendrots strahlt mir ins Gesicht, die weite leere Fläche hüllt sich leise und mit entsetzlicher Ruhe in das Nachtgewand.

Ich setze einige unsichere Schritte vorwärts, denn ich bin ganz ungewiß, ob ich in dieser Richtung nach Ülzen zurückkomme. Da plötzlich fahre ich zusammen, ich höre ein leises Rauschen. Schreiten Gespenster über die Ebene, oder wollen mich Unholde necken? Wollen Macbeths Hexen auch mir einen Schicksalsspruch zurufen? Und es rauscht lauter, ich schaue mich vergeblich nach der Ursache um – auf einmal krächzt es laut über mir, daß es weit über die Ebene schallt – hoch über meinem Haupte fliegt ein Kranichzug in das verlöschende Abendrot hinein. Er zieht schnell, als flöhe er die traurige Öde, und bald ist er in der Dämmerung verschwunden.

Wieder ist alles still; Himmel und Erde sind am Horizonte ineinander zu grauem Nebel verschwommen, und ich stehe noch immer zaghaft, ohne zu wissen wohin.

Aber das kann mich nicht retten, also vorwärts.

Der Marsch durch das struppige Heidekraut ist sehr beschwerlich; oft bleibt der müde Fuß in den Zweigen hängen. Immer matter und hoffnungsloser werde ich; schon will ich erschöpft niedersinken, da sehe ich ein Gehölz aus dem Dunkel auftauchen. Muß ich einmal im Freien übernachten, so wird es doch am besten im Walde sein, überlege ich und mache eine letzte Kraftanstrengung.

Hoch auf atme ich, als ich aus dem heißen Heidedunst in die frischere Waldluft trete. Schon schaue ich mich mit Galgenhumor lächelnd nach einem bequemen gastfreundlichen Strauche um, als mir ein Schreck durch alle Glieder fährt. Der Stock entfällt mir; zitternd muß ich mich an einem Baume festhalten. Was ist das für ein Spuk? Bin ich denn nicht in der Lüneburger Heide, sitze ich denn an lustiger Kneiptafel im Burgkeller zu Jena, oder in Lichtenhain: ein Waldhorn erschallte plötzlich in der Totenstille! Mit wunderbar sanftem Tone klang das prächtige Lied durch die Nacht:

>>Stoßt an, Jena soll leben! Hurrah hoch!
Die Philister sind uns gewogen meist,
Sie ahnen im Burschen, was Freiheit heißt;
Frei ist der Bursch!
Frei ist der Bursch!<<

Schnell hatte ich mich von meiner Betäubung erholt:

>>Frei ist der Bursch!
Frei ist der Bursch!<<

sang ich aus voller Kehle. Zugleich schritt ich schnell der Stelle zu, von woher die rätselhafte Musik kam.

Ich trat auf eine kleine Waldlichtung, in der sich mir, so viel ich in der Dunkelheit erkennen konnte, ein Häuschen darbot, vor welchem auf einer Bank ein Mann saß, der, gewiß ebenfalls überrascht von meinem Gesange, das Waldhorn auf die Kniee gesetzt hatte und dem unerwarteten Ankömmlinge entgegenschaute.

Jetzt hatte ich wieder Mut. Ich grüßte freundlich, klagte mein Leid, daß ich mich nicht nach Ülzen zurückfinden könne und bat schließlich, mir den Weg nach dem Städtchen, das wohl nicht mehr weit entfernt sei, zu zeigen. Der Mann hatte ruhig zugehört; dann nahm er eine kurze Pfeife, die neben ihm auf der Bank stand, tat einige starke Züge, daß ich den weißen Qualm in dem matten Sternenlichte sehen konnte – endlich hub er an:

>>Da sind Sie allerdings sehr falsch gegangen. Das Nest ist von hier aus kaum in sechs Stunden zu erreichen; ich biete Ihnen darum meine Hütte zum Übernachten an.<<

Was war da zu besinnen? Erfreut nahm ich das Anerbieten an.

Der Mann stand auf.

»Seien Sie denn willkommen!« sagte er und reichte mir seine harte Hand.

Dann schritt er in das kleine Häuschen und ich folgte ihm.

In der Stube im Kamin glommen noch einige Holzstücke, er hielt einen Kienspan daran, der gleich knisternd zu brennen begann und das Gesicht meines Retters mit seinem flackernden Lichte erleuchtete.

Verwundert bemerkte ich jetzt, daß der Mann bereits im hohen Greisenalter stand. Sein Haar, selbst der starke Schnurrbart, waren vollständig weiß; trotzdem machten die Gesichtszüge noch den Eindruck des Straffen, Energischen, was sich besonders in den Augenbrauen zeigte, die fest zusammengezogen waren und darum auch auf der Stirn einige Falten hervorbrachten. Überhaupt hatte der ganze Körper dem Alter getrotzt; die ganze Haltung des Mannes zeigte noch eine auf solcher Lebensstufe nicht gewöhnliche Kraftfülle.

»Machen Sie sich's auf meinen Holzstühlen bequem,« begann jetzt der Alte wieder, »*non quam late, sed quam laete habites, refert.*« Verwundert horchte ich bei diesem alten lateinischen Sprichwort auf; ruhig fuhr jedoch der Greis fort: »Ich werde sehen, was ich Ihnen zu essen beschaffen kann.«

Dabei steckte er den Kienspan in eine Klammer, die an einem Pfahle angebracht war, der mitten im Zimmer sich aus dem Estrichboden ungefähr vier Fuß hoch erhob, und schritt hinaus.

Müdigkeit und Hunger plagten mich allerdings, ich setzte mich daher vorläufig und schaute mich in dem düsteren Stübchen um.

Es war ein kleiner Raum, der schmucklos mit Tannenbrettern ausgeschlagen war, die bereits durch die Länge ihrer Dienstzeit eine tief-dunkelbraune Farbe angenommen hatten. Neben dem Kamin machte sich ein grüner Kachelofen breit, um den eine Bank lief, weiter im Winkel stand ein Bett, das mit dem Tisch, an dem ich saß, und den drei Stühlen das ganze Möblement ausmachte. Als einziger Zierat hing an der Wand zwischen den beiden Fenstern ein Bild des alten Blücher, darüber ein Säbel, wie er vor fünfzig Jahren in der

Armee gebraucht wurde, und an einer dicken Schnur eine Trompete, doch in sonderbarem Zustande, in der Mitte eingeknickt und am Rande stark verbogen. In der Ecke neben der Türe, dem Ofen gegenüber, befand sich noch, ungefähr in Manneshöhe, ein Eckbrett eingenagelt, auf dem vorn am Rande ein dickbäuchiger, fast wie eine Gießkanne geformter Topf und neben diesem mehrere kleine Kästchen mit Deckeln aus Drahtgeflecht, wie man sie zum Gefängnis für Bienen-Königinnen verwendet, standen. Dahinter lagen einige Bündelchen Wacholder und Melissenkraut, die Lieblingsflanzen der Bienen, und ganz im Winkel lugten zwei Bücher und eine kleine Handspritze aus den dürren Kräutern hervor.

Ich konnte es, trotz meiner Ermüdung, nicht unterlassen – die Neugier plagte mich – ich mußte nachsehen, was das für Werke wären, die sich in diese Wildnis verlaufen hatten. Überrascht las ich: *»Ho meri opera«* und *»Taciti annales«*. Wer mochte diese Heldengedichte des alten Vaters Homer und dieses Geschichtswerk des berühmten römischen Historikers einmal hier liegen gelassen haben?

Es war mir angenehm, daß mich der Alte nicht lange auf eine Erquickung warten ließ. Bald trat er mit einem tiefen Teller Milch, einem Stücke schwarzen Brotes und einer reichlichen Portion Rauchfleisch ein.

»Das ist Alles, was ich bieten kann,« sagte er.

Ich begrüßte jedoch die Speisen mit Freuden und machte mich eilig daran, mich zu stärken.

Unterdessen bemerkte mir mein Wirt, daß ich in jenem Bette übernachten werde. Ein Federbett besitze er nicht, es sei nur eine Schafpelzdecke vorhanden, mit der ich fürlieb nehmen möge.

Nach genossenem Mahle erhob ich mich und merkte nun erst, wie erschöpft und steif ich geworden; ich machte daher sogleich von dem Anerbieten Gebrauch. Der Alte nahm den erleuchtenden Kienspan aus der Gabel und warf ihn in den Kamin, wünschte mir eine gute Nacht und ging mit dem leeren Teller zur Türe hinaus.

Schon nach wenigen Minuten lag ich in tiefem Schlafe.

Die Sonne schien mir bereits hell in's Zimmer, als ich neu gekräftigt wieder erwachte.

Es war alles still um mich. Im hellen Tageslichte machte das Stübchen nun doch einen etwas freundlicheren Eindruck, als am Abend vorher bei der mangelhaften Beleuchtung.

Der Sonnenschein lockte mich hinaus und ich trat vor die Türe. Ein angenehmes Bild bot sich mir dar. Vor dem Häuschen dehnte sich ein kleiner frischgrüner, von Gebüsch umstellter Platz aus, über den man sich nicht recht entscheiden konnte, ob er ein Garten oder eine Wiese sein sollte, denn mitten im Grase standen regellos große Büschel Thymian, hie und da erhoben sich in strauchartiger Üppigkeit Sonnenblumen mit ihren tellerförmigen gelben Blüten, Hopfen schlängelte sich an den Stangen empor und hing seine vollen Traubenblüten in den Sonnenschein, selbst eine hochaufgeschossene Salweide, eine *Salix caprea*, die ich hier zu allerletzt gesucht hätte, senkte behaglich ihre strotzenden, dunkelgrünen Zweige zum Rasen hinab. Über dem ganzen Platze aber summte und surrte es in lebendigster Geschäftigkeit, eine Unmenge von Bienen tummelte sich über den Blumen und flog hin und wieder in rastloser Arbeit. Dazwischen brummte bisweilen eine schwerfällige Hummel, dann wiegte sich ein gelber Zitronenvogel bald auf dieser, bald auf jener Blüte, selbst ein samtschwarzer Trauermantel schwebte wohlig in dem herrlichen Morgensonnenscheine.

Ich machte nun einige Schritte in den Platz hinein und wandte mich dann um, mein gastliches Haus zu betrachten.

Da sah ich auf einen wunderlichen kleinen Bau. Man hatte nur die erste Stufe der Baukunst erstiegen und ein Blockhaus errichtet, wie ich es früher in den Cooperschen Romanen geschildert gefunden, nur daß hier das mit Schindeln gedeckte Dach fast ganz mit Hauswurz überwachsen war. An der rechten Giebelseite stieß das Häuschen an eine mächtige Eiche, die den ganzen kleinen Bau überschattete. An der linken Seite breitete sich, soweit es die Herrschaft der Eiche zuließ, eine Linde aus. An diesem Giebel trat auch noch ein erkerartig herausgebauter Taubenschlag hervor, der jedoch geschlossen war. Die Holzwände des Hauses waren fast ganz mit grauem Moos bewachsen; nur unmittelbar über der Bank an der Tür, wo ich den Alten zuerst erblickte, zeigte sich das braune, auch hier noch besonders geglättete Holz, ein Zeichen, daß die Bank und die Rückenlehne viel benutzt wurden. Über der Türe des Hauses, zu meiner Verwunderung las ich es, stand, halb von Moos überwachsen, der Spruch des römischen Dichters Quinctilian: »*Sceleri nunquam defuit ratio*« – dem Verbrechen fehlte nie ein Grund.

Noch war ich mit meinen Betrachtungen nicht ganz zu Ende, als der Alte, mit seiner kurzen Pfeife im Munde, seitwärts vom Hause in schwarzem Flausrock dahergeschritten kam. Er wünschte mir einen guten Morgen, blieb jedoch auf halbem Wege einen Augenblick stehen, runzelte die Stirn, bückte sich und zog einige Stengel Kamillen aus, die ihre Blüten über Nacht entfaltet haben mochten, verschwand wieder einige Augenblicke im Gebüsch und trat dann abermals hervor, zu mir heran.

»Der Henker weiß, wo alle die vermaledeiten Nieswurz, Wermut, Kamillen, Wolfsmilch und wie das Gelichter alles heißen mag, herkommen,« sagte er mit komischem Ernst. »Jeden Sommer rode ich das Unkraut aus, und immer kommt es wieder.«

»Sind das nicht Ihre Lieblingsblumen?« fragte ich.

Ein eigentümlicher freundlicher Zug drolliger Verlegenheit ging über sein braunes, runzeliges Gesicht.

»Die Bienen mögen das Zeug nicht riechen,« versetzte er.

»Besitzen Sie einen Bienenzaun?« fragte ich.

»Die Bienenzucht ist seit fünfzig Jahren meine Beschäftigung,« versetzte er. »Wenn es Ihnen Spaß macht, dann schauen Sie sich meinen Bienenzaun an.«

Mit Freuden ergriff ich die günstige Gelegenheit, dieses interessante Insektenleben näher kennen zu lernen. Wir schritten daher an der Eiche vorüber und befanden uns nun abermals auf dem kleinen, von Gebüsch umgebenen Platze, auf dessen einer Seite eine lange nach Südosten gekehrte Hütte sich hinstreckte, in welcher in zwei Reihen über sechzig Bienenstöcke standen, umsummt von einer Unzahl lustiger Honigsammler.

Verwundert blieb ich stehen. Das etwas düstere Gesicht des Alten nahm freundlichere Falten an; mit sichtlichem Wohlgefallen ruhte das blaue Auge auf mir.

»Dies Volk zu regieren und im Stande zu erhalten,« begann er dann, »beschäftigt mich das ganze Jahr und läßt mich den Jammer der Zeit vergessen.«

Wir traten darauf durch eine schmale Giebeltüre in die Hütte. Der bisher ziemlich wortkarge Alte ward jetzt gesprächiger. Wenn ich mich damals auch nur vorzugsweise mit den Dipteren beschäftigte, so waren mir doch auch Beobachtungen über Hymenopteren, wie sie sich mir hier boten, von außerordentlichem Interesse. Der Alte fühlte das bald mit sichtlicher Freude heraus. Mit außerordentlicher Genauigkeit und in den bestimmtesten fachmännischen Ausdrücken wußte er mir eine reiche Fülle von Eigentümlichkeiten aus dem Leben und Treiben der Bienen zu erzählen. Selbst als wir dann wieder im Zimmer saßen, wo ich meine Morgensuppe verzehrte, genoß ich seine mich ungemein fesselnde, klare Unterhaltung.

Nach dem Morgenimbiß kam nun mein weiteres Schicksal in Frage. Ich äußerte, daß ich wohl noch Lust hätte, einen kleinen Streifzug in die Heide zu unternehmen, und darauf bot mir der Alte seine Gastfreundschaft in treuherziger Weise auch für noch weitere Tage an.

Was konnte mir erwünschter sein? Das Haus des Alten lag auf einer kleinen Oase mit einem Quell, an welchem sich Bäume und Kräuter erquickten. Wenige hundert Schritte nur war das Wäldchen breit. Überall, wo man aus den kühlen Schatten in die heiße, zitternde Luft hinaustrat, sah man ringsum über die bald gelb, bald lila, bald grün schimmernde, endlos sich hinstreckende Heidelandschaft.

Ich machte mich denn auch unverzüglich auf, mit etwas Brot, Rauchfleisch und klarem Quellwasser in der Feldflasche – und war bald wieder in der lustigsten Gesellschaft der prächtigsten Käfer.

Der Tag verging mir sehr schnell, und bei der sinkenden Sonne fand ich mich wieder bei meinem Alten ein, etwas erschöpft von dem steten Niederknieen und der Hitze, doch sonst wohlbehalten und froher Laune ob meiner reichen Jagdbeute.

Diese Art und Weise, meinen wissenschaftlichen Untersuchungen nachgehen zu können, ohne vorher erst weite Märsche machen zu müssen, war bei der Fülle des Stoffes, den ich jederzeit fand, für mich so verlockend, daß ich den Alten bat, er möchte mich noch mehrere Tage dulden.

Er ging bereitwillig darauf ein.

»Lassen Sie es sich mit Ihrem Käferkram hier so lange gefallen, wie Sie Lust haben,« sagte er. »Sollten Sie mich einmal grillig sehen, so mögen Sie nur wissen, das geht Sie nichts an – ich habe so manchmal meine dummen Gedanken.«

So geschah es, daß ich eine ganze Woche lang am frühen Morgen auszog und beutebeladen am Abend wieder heimkehrte. Nach genossener Abendmahlzeit aber setzten wir uns beide auf die Bank vor dem Hause, der Alte nahm sein Waldhorn zur Hand und ich hörte wohlgemut, wie die bunte Reihe der Melodien in die Abenddämmerung, in die tiefen Schatten der Bäume hineinschallte. Besonders Studentenlieder, wie ich sie selbst ehedem so oft aus voller Brust jubelnd gesungen, blies der wunderliche Musikant mit Vorliebe. Zur Abwechselung erzählte er mir dann von seinem Bienenstaate, von den heißen Schlachten, die sich die Drohnen, die männlichen Bienen, bisweilen liefern, von den faulen Kuckucksbienen, die ihre Eier in die Zellen anderer Bienen legen, von weiselloser, von schrecklicher Zeit, von verhängnisvollen Schwärmen, von erstochenen Königinnen und anderen Leiden und Freuden eines Bienenvaters.

Der Alte fühlte sehr bald heraus, daß er in mir einen sehr dankbaren und aufmerksamen Zuhörer besaß, seine anfangs etwas sonderbaren, fast rauhen Umgangsformen schwanden daher nach und nach und machten einem freundschaftlicheren Verhältnisse Platz.

Als ich am letzten Abende neben dem Alten saß, wurde es mir sogar wehmütig ums Herz, daß ich ihn am anderen Morgen für immer verlassen sollte. Auch ihn schien die Scheidestunde zu beschäftigen; er sprach weniger, blies dafür alle die alten prächtigen Lieder, die ich immer mit Vorliebe angehört, um deren Wiederholung ich auch wohl gebeten hatte. Von den träumerischen Volksliedern kam er auf die frischen Studentenlieder und von diesen – zu meiner Verwunderung zum ersten Male – auf die Körnerschen Schlachtengesänge. »Das ist Lützows wilde, verwegene Jagd!« schmetterte er hell in den dunklen Wald hinein.

»Das ist Lützows wilde, verwegene Jagd!« gab das Echo leise wieder.

Als das herrliche Lied verhallt war, hielt er einige Augenblicke inne.

»Eine große, eine herrliche Zeit,« sagte ich unwillkürlich.

Bei diesen Worten setzte der Alte sein Horn aufs Knie und schwieg. Fester zog er die Augenbrauen zusammen und sah starr vor sich hin. Wie mit einem Schlage war er wieder ganz der finstere, wortkarge Mann geworden, als den ich ihn am Abende meiner Ankunft getroffen hatte. Beklommen schaute ich die runzeligen Züge an, auf denen sich eben noch milde Güte gespiegelt und in denen nun die herbe Bitterkeit eines offenbar leidenden Gemütes ausgeprägt lag.

»Habe ich Sie beleidigt,« fragte ich besorgt, »daß ich von einer Zeit zu reden begann, auf die man mit Freuden und Stolz zu blicken gewohnt ist?«

»Ja wahrhaftig!« rief er da unmutig, »mit Stolz, aber nicht mit Freude, sondern mit tiefem Herzeleid. Ja, wie ein Wurm habe ich mich gekrümmt im Staube über dieses Herzeleid. Ein ganzes Menschengeschlecht ist mittlerweile ins Grab gestiegen; ich bin alt und grau geworden – aber verwunden habe ich es nicht bis auf den heutigen Tag!«

Er hatte diese Worte mit einer Leidenschaftlichkeit herausgestoßen, die mich erbeben machte. Erschrocken ergriff ich seine Hand.

Die rätselhafte Aufwallung ging vorüber und bald blickten die großen blauen Augen wieder mild in die Dämmerung.

»Ja, ja,« hob er nach einer Pause mit einem schmerzlichen Lächeln an, »das jetzige Geschlecht fühlt die Fesseln nicht so, weil es in ihnen geboren wird; wir Alten dagegen, die wir eine glorreiche Zukunft erträumten und die wir sehen mußten, wie unsere heiligsten Hoffnungen zertrümmert wurden, die wir die Knöchel uns blutig rieben, um die Ketten abzustreifen – wir können nur schlafen, wenn uns das stete Klirren nicht zur Verzweiflung bringen soll. Und ich schlafe, schlafe bereits seit vielen Jahrzehnten.«

»Und sind Sie aus Gram über Deutschlands traurige Zeiten nach
den Befreiungskriegen, wo alle Hoffnungen begraben werden mußten, in die Heide geflüchtet,« rief ich aus, »o, so können Sie jetzt« –

»Nicht weiter,« fiel er mir da ins Wort, »ich will nichts hören von
der Gegenwart. Ich steckte einmal den grauen, dummen Kopf mit
den alten Gedanken wieder in die Welt hinein – und der Marder
würgte mir unterdessen alle meine Tauben.«

Er sagte dies mit einer Bitterkeit, die mir jede Antwort abschnitt.

»Und seit dieser Zeit,« setzte er nach kurzem Schweigen hinzu,
»ist es aus. Kein Mensch soll mir mehr Kunde geben, was da draußen Erbärmliches vor sich geht.«

Mit zitternder Hand fuhr er sich über die Stirn und strich sich das
weiße Haar zurück.

»Sie scheinen, wie ich aus Ihren verschiedenen Reden gemerkt
habe, eben solch ein Schwarmgeist zu sein,« fuhr er in seinem alten
treuherzigen Tone fort und ergriff meine Hand. »Ich habe Sie in den
acht Tagen, die wir mitsammen verlebten, schätzen und lieben gelernt; die nahe Abschiedsstunde stimmt mein altes Herz fast wehmütig, daß ich Sie nun wieder aus meiner Wildnis hineinziehen
lassen soll in die Welt, die Sie noch so bitter für Ihre Illusionen strafen wird. Darum sei's, daß auch die alten Geschichten noch einen
letzten Nutzen haben; ich will sie Ihnen noch berichten, ehe sich der
alte Kopf zum ewigen Schlafe niederlegt.«

Ich bat ihn dringend, sein Versprechen zu erfüllen, und er versetzte: »Wohlan! Mögen Sie aus der Geschichte eines alten Trompeters von Anno Dreizehn lernen, daß ein ehrlicher deutscher Mann
heutzutage mit blutendem Herzen alle Hoffnungen für das deutsche Reich begraben muß.

Mitten im Lärm der Napoleonischen Kriege bin ich aufgewach-
sen. All der Jammer und die Schändlichkeit spielte sich vor meinen
neugierigen Knabenaugen ab. Der Haß gegen die Fremdherrschaft
wurde mir mithin unvertilgbar in das Kindesherz gepflanzt.

Mein Vater war Stadtmusikus, und da ich von meiner Wiege an
um mich her hatte spielen und blasen hören, auch wohl ein leidlich
Talent zur Musik besaß, so wäre ich ebenfalls gern Musikant ge-

worden. Aber mein Vater wollte es besser mit mir machen; Gott sei Dank hat er es nicht erlebt, daß schließlich gar nichts aus mir geworden ist. Mein Vater machte mir klar, daß in den Kriegszeiten die Kunst, vor allem aber die Musik, sich nur kümmerlich durchschlagen müsse. Das hielt nicht schwer zu begreifen, wenn ich mich daheim umsah. Ich solle es besser haben, meinte er. Noch stehe die Wissenschaft in einiger Achtung.

Ich kam darum auf das Gymnasium meiner kleinen Vaterstadt, ohne daß ich dabei der Musik, am wenigsten dem Waldhorn, dem ich in besonderer Liebe zugetan war, gänzlich entsagt hätte.

Als der Sturm gegen den Bonaparte losbrach, war ich mittlerweile ein junger Bursche geworden, und da litt es mich nicht mehr auf der Schulbank. Daß es vielen seiner Schüler so ging, hatte unser alter, braver Rektor, längst gemerkt. Eines Tages trat er mit einem Zeitungsblatte in unsere Prima – ich weiß noch, es war an einem stürmischen Februartage – seine Augen glänzten, seine sonst so blassen Wangen waren von der Erregung gerötet.

»Jungens,« rief er laut, und die Stimme zitterte ihm, »das erste Lebenszeichen vom neuen Erwachen unseres deutschen Vaterlandes nach einer langen Nacht voll Schmach! Der König hat am 3. Februar von Breslau aus eine Verordnung erlassen, welche die Bildung freiwilliger Jägerkorps verfügt. Jungens, es geht los!«

»Hurrah! Hurrah! Hurrah!« schrieen wir da alle aus Leibeskräften. So etwas hatten wir lange sehnsüchtig erwartet.

»Wer will zu Hause bleiben?« rief unser Rektor.

»Keiner!« schrieen wir alle wie aus einem Munde.

Unser Rektor mußte sich am Katheder festhalten, die Tränen rannen dem alten Männlein über die hageren Wangen. Ich habe seine rührende Freude über unsere Begeisterung zeitlebens nicht vergessen.

Vor unserem Abmarsch ward aber erst noch eine Lehrerkonferenz zusammenberufen, und da wurde beschlossen, schnell noch in aller Eile die Abiturientenprüfung, die wir erst gegen Ostern zu bestehen gehabt hätten, abzuhalten. Das wollte mit unseren Schlachtenplänen nicht recht passen, wir mußten aber heran und merkten dann, daß man es nur gut mit uns meinen wollte. Da war vieles »*Optime*«, was sonst gar nicht gegolten hätte. *Alle* kamen wir durch das Examen, und so konnten wir unseren Eltern neben unserem Abschiedsbriefe auch das Abgangszeugnis vom Gymnasium einsenden.

Wir marschierten natürlich nach Breslau. Ich hatte wenig mitgenommen, um mich nicht zu belästigen; von einem hatte ich mich aber nicht trennen können, das war mein Waldhorn, das ich leidlich blies. Es kam uns auch bald auf unseren Märschen gut zu statten, denn wenn wir müde wurden, so blies ich frische Vaterlandslieder, auch »Heil dir im Siegerkranz«, denn wir sahen schon allerlei Triumphe, und dann gings wieder frisch vorwärts.

In Breslau kamen wir mitten in die heilige Begeisterung hinein. Der »Aufruf an mein Volk« war eben erschienen. Wir sahen den König, umgeben von Scharnhorst, Gneisenau, Blücher, Stein, wir hörten die feurigen Redner Steffens und Jahn. Es war ein Leben und Treiben, eine Geschäftigkeit sondergleichen!

Wir ließen uns bei dem alten Blücher einstellen, und weil ich die Blechinstrumente blasen konnte, so ward ich Trompeter.

Nach kurzem Exerzieren zogen wir aus, und nach mehreren Eilmärschen kam es bei Großgörschen zum Klappen.

Wir Blücherschen standen in erster Linie. Mit unwiderstehlichem Ungestüm gingen wir vor und nahmen das Dorf, schon glaubten wir Sieger zu sein, als der französische General Ney mit neuen Verstärkungen heranrückte. Wir mußten weichen; aufs neue führten uns Blücher und Scharnhorst vor, die selbst wie Löwen fochten.

Jetzt wichen die Franzosen abermals zurück, wir jubelten auf und drangen aufs neue vor – aber die Russen, die verdammten Russen ließen uns im Stich. Napoleon selbst erschien mit neuer Verstärkung.

Da sprengte Blücher zu unserem Regimente heran.

»Jungens, haltet euch fest,« rief er uns an, »daß uns die verfluchtigten Kerle nicht unterkriegen!«

Mit allen Leibeskräften blies ich mit meiner Trompete zum Angriff, daß es weit hin durch den entsetzlichen Lärm und das Gebrüll der Geschütze schallte.

Freundlich nickte mir der alte Haudegen zu, mit jauchzendem Hurrah stürmten wir in die Reihen der Feinde und brachten sie abermals zum Weichen.

Da plötzlich bekam ich einen heftigen Ruck, es wurde mir schwarz vor den Augen, die Sinne vergingen mir, dann war mir, als schwanke ich, aber ich kam nicht zur Ruhe, es kam mir vor, als läge ich in einem Kahne und werde hin- und hergeschaukelt. Das Brüllen der Geschütze glich mehr und mehr einem fernen Donner. Dann war es wieder, als wäre ich mitten in der Schlacht, als drängen die Franzosen auf mich ein und als müßte ich um mich schlagen.

Ich wollte aufspringen, als mich auf einmal heftige Schmerzen durchfuhren und mich eine Hand sanft niederdrückte. Jetzt erwachte ich und fühlte nun, daß ich schwer verwundet war. Ein wuchtiger Hieb war mir in die linke Seite des Kopfes und in das linke Schulterblatt versetzt worden, und nun lag ich, aus dem Getümmel getragen, im Feldlazarett. Das hätte ich nun noch getrost ertragen, wäre zu dem Jammer nicht noch die traurige Kunde gekommen, daß wir geschlagen worden. Das Herz schnürte sich mir krampfhaft zusammen, als ich diese Hiobspost vernahm, und mir wäre lieber gewesen, die Erbfeinde hätten mich ganz erschlagen.

Mit dem Besiegen war es jedoch nicht so schlimm gewesen, denn wir hatten einen langsamen Rückzug antreten können, durch den nichts geschädigt wurde. Ein empfindlicher Schlag wurde jedoch noch nachträglich bekannt, Scharnhorst war am linken Fuße sehr hinderlich verwundet worden.

Am anderen Nachmittage besuchte der alte Blücher, der selbst eine leichte Blessur hatte, uns Verwundete, und als er mich erblickte, verriet ein freundlicher Zug seines finsteren Gesichtes, daß er mich wiedererkannte.

»Habe ich's also doch noch zur rechten Zeit gesagt, daß sie Dich forttragen sollten,« rief er, zu mir herantretend. »Hast Dich brav gehalten mit Deiner Trompete!« setzte er lauter hinzu.

Das war Balsam auf meine Wunden. Zugleich aber fiel mir auch meine Trompete ein, suchend blickte ich um mich – ich besaß sie nicht mehr.

Blücher entging das nicht, er mochte auch mein trauriges Gesicht bemerken.

»Haben sie sogar *die* Dir nicht einmal gelassen!« sagte er mit schmerzlicher Bitterkeit. »Aber da kann ich helfen,« setzte er kurz hinzu. Damit ging er fort. Gegen Abend jedoch trat er abermals an mein Feldbett und hielt eine schöne Trompete in der Hand.

»Hier, braver Junge,« sagte er so laut, daß man es im ganzen Lazarett hören konnte, »diese Trompete wollte ich einem Stabstrompeter schenken, der sich bereits ruhmvoll ausgezeichnet hatte, doch er ist gestern geblieben. Ich weiß nun keinen würdigeren Erben für das Instrument, als Dich, der sich so wacker gehalten. Nimm es und hilf damit recht bald die vermaledeiten Franzosen aus Deutschland hinausblasen, daß sie das Wiederkommen vergessen. Hier, blase sie stets zu Deutschlands Ehre!«

Er hatte die letzten Worte mit erhobener Stimme gesprochen und mich mit seinen stahlblauen, durchdringenden Augen angeschaut. Mir brauste das Blut in den Kopf, die Tränen stürzten mir aus den Augen, ich konnte nichts sprechen – die braune Hand des Heldengreises drückte und küßte ich, dann sank ich ohnmächtig in mein Bett zurück.

Als ich wieder erwachte, war alles still im Lazarett, es war Nacht. Ein kleines Nachtlämpchen brannte in der Mitte des Raumes auf einem Tische, an dem ein schlafender Lazarettgehilfe saß. Auf dem Stuhle neben meinem Bette aber lag die Trompete vom alten Blücher, blitzend und blinkend in den kärglichen Strahlen des Nachtlichtes, Ich griff nach ihr; abermals schlug mein Herz laut vor freudiger Erregung. »Blase sie stets zu Deutschlands Ehre!« klang es mir in den Ohren.

Ein Verwundeter seufzte in diesem Augenblicke auf.

Ein heiliger Ernst kam über mich.

»Bei Gott, immer zu Deutschlands Ehre!« rief es in mir. Aus tiefster Seele rang sich mir der Schwur in jener Nacht hervor, rastlos zu kämpfen, zu ringen zu Deutschlands Ehre. –

Am anderen Morgen weckte mich der Lärm des aufbrechenden Heeres. Das Lazarett sollte später folgen. Doch war denen, die sich allein fortschleppen könnten, geraten, in Privatpflege zu gehen, damit man den außerordentlich geringen Mitteln des Staates nicht beschwerlich falle. Da war ich kurz entschlossen. Schon hatte ich mich wieder etwas durch die Ruhe erholt, darum wagte ich es, mich mir selbst anzuvertrauen. Ich ließ mir vom Bagage-Wagen mein Waldhorn geben, von dem ich mich auch im Kriege nicht hatte trennen können und das ich vor der Schlacht dort abgegeben, hing meine Blüchertrompete über die gesunde rechte Schulter und nahm Abschied, natürlich mit der Versicherung, sobald zurückzukehren, als ich wieder hergestellt sei. Was sollte ich nicht alles erleben, ehe ich zum Heere zurückkommen konnte! – –

Es wollte schlecht gehen mit meiner Privatpflege. Ich glaubte, jeder würde mich mit meiner Blüchertrompete mit offenen Armen aufnehmen, aber überall kam ich in ausgesogene Dörfer, überall begegnete ich nur gedrückten, sorgenvollen Menschen, die wegen des Mißerfolges bei Großgörschen bang in die Zukunft blickten. Der Napoleon wird doch am Ende wieder aufkommen, meinten verschiedene, und dann schrecklich Musterung halten.

Mühsam schleppte ich mich bis Jena. Hier wurde ich freundlich aufgenommen. Einige lahme und bucklige Studenten, die absolut nicht mit fortgekonnt hatten und darum das ganze Personal der Universität bildeten, nahmen mich in ihre Obhut. Sie verbanden mich sorgfältig und, was für mich das Wohltätigste war, sie hegten die frohe Hoffnung, daß die letzte Stunde des Korsen, trotz Großgörschen, dennoch in nicht allzuferner Zeit schlagen werde. Im Winkel vor dem Burgkeller beim Kännchen Lichtenhainer wurde dergleichen durchgesprochen.

Die Franzosen benutzten aber unterdessen ihren Vorteil und überschwemmten Sachsen und Thüringen von neuem. Ich mußte mich daher alsbald verborgen halten, in einem alten düsteren Hause in der Kollegiengasse, und fand es nach ungefähr acht Tagen, in denen meine Wunden auffallend schnell in ihrer Heilung fortgeschritten waren, für besser, mich nach Böhmen hinüber zu schleichen, wo ich mich, wie man mir sagte, ganz gefahrlos auskurieren könne. Im geheimen hatte man eine Geldsammlung für mich veranstaltet, und als ich schied von dem lieben Kreise guter Menschen und der freundlichen Stadt, da drückte man mir noch ein reichliches Reisegeld in die Hand.

Es war mittlerweile Frühling geworden, überall prangte die Natur im herrlichsten Blütenschmucke, nur hoch oben in dem armen, unfruchtbaren Erzgebirge pfiff noch der kalte Wind. Bald stieg ich aber in das gesegnete Böhmerland hinein.

Ich wußte nun freilich nicht, wohin ich eigentlich wollte. An einem Morgen hatte ich auch, einige Stunden vor der Grenze, um nicht von französischen Wächtern erwischt zu werden, die Straße verlassen und war nur immer gerade aus gen Süden vorsichtig durch Feld und Wald gestrichen. Meine verräterische Trompete und mein Waldhorn hatte ich während dieses gefährlichen Marsches sorgsam unter meine Kleider verborgen. Als ich mich endlich glücklich in Böhmen befand und das dort steil abfallende Gebirge hinabstieg, wollte ich gern wieder zu einer Heerstraße gelangen, konnte mich aber aus einem dichten Forste nicht hinausfinden.

Schon neigte sich der Tag und machte mich für mein Verbleiben besorgt, als ich plötzlich ziemlich nahe vor mir lautes, fröhliches Lachen vernahm. Freudig sprang ich vorwärts, bog schnell die etwas dichten Zweige auseinander und – sauste im nächsten Augenblick prasselnd einen Abhang hinab. Dann krachte und polterte es, summte und brummte es mir um den Kopf, helle Stimmen schrieen auf, ein Heidenlärm brach los und ich saß mitten drin. Doch schnell besann ich mich und sah zu meinem Schrecken, daß ich durch das leichte Strohdach einer Bienenhütte gebrochen und auf einen Bienenkorb gestürzt war, den ich infolgedessen umgeworfen hatte und aus dem nun ein Schwarm böse gewordener Bienen den Friedenstörer umflogen. Schon stürmten die wütenden Tiere auf mich ein, verschiedene hatten sich bereits in meinem Haar verwickelt, bereits saßen mir mehrere auf der einen Wange und stachen mich, daß die Muskeln krampfhaft zuckten, als ein Wasserstrom mir über den Kopf stürzte und, ehe ich zu mir kommen konnte, ein zweiter, so daß ich ganz verwirrt zusammenfuhr. Der Schwarm der wilden Bienen aber mich erschrocken zurück.

»Allons, allons,« rief mir in demselben Augenblicke eine helle Stimme zu, »schnell heraus, ehe die Bienen wieder kommen!«

Eiligst entsprang ich triefend der gefahrvollen Lage und befand mich nun mehreren jungen Mädchen gegenüber, von denen eine einen Eimer in der Hand hielt, während die anderen mit grünen Zweigen und Blumen beladen waren.

»Jesus, Maria, Joseph!« rief eines der hinten stehenden Mädchen, »es ist wirklich kein Gespenst!«

»Dummes Ding,« versetzte die Trägerin des Eimers, indem sie diesen beiseite setzte. Dann wandte sie sich an mich und sagte mit schelmischem Lächeln:

»Der kürzeste Weg war das zwar von da oben herab, aber nicht der bequemste. Doch kommen Sie schnell, sonst könnten Sie nochmals den Bienen in die Stacheln geraten.«

Ich vermochte nicht zu antworten. Die so schnelle Veränderung meiner Situation, die vielfachen Stöße, die ich auf meiner kurzen Fahrt erhalten hatte, die juckenden Bienenstiche auf meiner Wange – alles das hatte mich förmlich betäubt, so daß ich willens- und urteilslos folgte. Als ich unwillkürlich noch einmal zu meiner Unglücksstätte zurückblickte, sah ich einen alten Mann den umgestürzten Bienenkorb bereits wieder aufrichten.

Wir traten aus einem Gärtchen hinaus ins Freie und blieben nun einen Augenblick stehen.

Eine kurze Stille trat ein. Ich fühlte, ich mußte irgendwelchen Dank abstatten, besonders dem jungen Mädchen, das mich durch das resolute Sturzbad vor den wütenden Bienen geschützt hatte. Dann mußte ich sagen, wer ich sei und wie es gekommen, daß ich so unerwartet hier eingebrochen.

Als ich aber meine Retterin sah, vermochte ich vor Verwunderung kein Wort hervorzubringen, denn eine sonderbar reizvolle Mädchengestalt bot sich in ihr mir dar.

Auf dem frischen rosigen Gesichte spiegelte sich eine feine Schalkhaftigkeit ab, aus den glänzenden braunen Augen leuchtete ein lebendiges Feuer – was mich aber ganz besonders überraschte, die zierliche, graziöse Gestalt zeigte sich mir in einer eleganten Tracht, die mir ganz fremd war, und die sie den anderen Mädchen gegenüber wie eine Königin erscheinen ließ.

Zum Glück für mich trat jetzt der alte Mann ebenfalls aus dem Gärtchen heraus, so daß ich endlich den Mut zum Reden bekam. Ich bat der unliebsamen Störung wegen um Verzeihung und berichtete dann in kurzen Worten, wer und was ich sei, und daß ich in Böhmen meine Wunden auskurieren wolle.

Es mag nicht ohne Stottern abgegangen sein, auch mag mein rotes, verlegenes Gesicht sich lächerlich genug dabei ausgenommen haben, besonders als ich sagte, daß ich ein preußischer Soldat sei, denn bei diesen Worten ging ein eigentümlicher Schatten über das schöne Mädchengesicht.

Doch lenkte der Alte, der zu mir getreten war, meine Gedanken ab.

»Da sind Sie gerade in ein leidlich gutes Nest hineingefallen,« rief er, »ich bin Verwalter des alten Schlosses dort drüben und freue mich, einen tapferen preußischen Soldaten eines von den vielen leerstehenden Zimmern anbieten zu können, damit er sich pflege für neue Taten.«

Der Alte hatte die letzten Worte mit eigentümlicher Betonung gesprochen, als wollte er noch mehr als diesen einfachen Sinn damit ausdrücken. In mir aber hatte die Einladung einen freudigen Widerhall gefunden. Ich drückte dem Alten dankbar die Hand und blickte ihm in das faltige, von schlichtem weißem Haar umrahmte Gesicht, aus dem mir eine treuherzige Gutmütigkeit entgegenwehte. »Das wäre ja die schnellste Erfüllung meiner Wünsche,« versetzte ich fröhlich.

»In diesen schweren Zeiten muß jeder sehen, wie er helfen kann,« erwiderte er. »Aber dann wollen wir aufbrechen,« fuhr er fort, »Sie sind naß und werden auch müde und hungrig sein.«

Wir gingen, und nun bemerkte ich erst verwundert, daß meine Retterin sich bereits dem alten stattlichen Schlosse, das in geringer Entfernung auf einem kleinen Hügel vor uns lag, zugewandt hatte.

Wie ich die schöne Gestalt so im Abendrote den sanft ansteigenden Weg uns voranschreiten sah, da war mir, als wandere ich in ein verzaubertes Schloß, und als sei die Dahinwandelnde die mächtige Zauberin, die mich jetzt mit unbesiegbarer Gewalt in ihren Zauberbann zöge. Und wie ich ihr so nachblickte und nur beklommen folgte, gewahrte ich, daß sie jetzt eine dunkelblaue Mütze, die am Rande mit schwarzem, krausem Pelz verbrämt und oben mit einem glatten, viereckigen Deckel geschlossen war, keck auf ihr schönes Haupt gesetzt hatte. Die überaus gefällige, zierliche Kopfbedeckung erkannte ich sogleich als eine polnische Mütze. Jetzt ließ ich meine Blicke auch weiter über das Mädchen gleiten, und nun bemerkte ich, daß sie eine feine, ebenfalls mit Pelz besetzte dunkle Jacke trug, die durch reichen Schnurenbesatz einen mir gänzlich fremden Charakter erhielt. Das Kleid fiel zwar nach der Mode der Zeit nur kurz herab und ließ zwei zierliche Lederstiefelchen sehen, die aber, gegen den damaligen Geschmack, bis zum Knöchel reichten und außerdem mit zierlichen hohen Häckchen versehen waren. Der Gang des Mädchens erhielt dadurch eine kecke Anmut, die zu der Gestalt ganz richtig paßte.

Unterdessen erzählte mir der freundliche Alte, der mir zur Seite daherging, daß auch er ehedem ein preußischer Soldat gewesen sei, aber vor fünfzig Jahren, zu des Großen Friedrichs Zeiten, und daß er ebenfalls verwundet worden sei, und zwar in der Schlacht bei Prag. Er sei damals in einem Dörfchen liegen geblieben und dann sein ganzes Leben lang nicht wieder aus Böhmen hinausgekommen. Heutigen Tages wisse man überhaupt kaum noch, daß der alte Melchior jemals ein Fremder gewesen sei.

Mittlerweile waren wir bei dem alten Schlosse angelangt und traten nun durch das von unseren Schritten dröhnende gewölbte Tor in einen kleinen mit Gras bewachsenen stillen Schloßhof.

Zu meiner Überraschung erblickte ich dort an einem Haupteingange einen stattlichen alten Herrn, der seinen linken Arm auf die Schulter meiner schönen Retterin gelegt hatte, während er in der rechten Hand ein Papier hielt.

Der alte Herr begrüßte mich mit einer feinen Höflichkeit. Ich hielt ihn für den Herrn des Schlosses und wollte zu ihm hintreten, als mich Melchior rasch am Arme zog und mir zuraunte:

»Die sind auch nur Gäste!«

Der alte Herr bemerkte das und lächelte leicht.

»Wie ich höre,« sagte er dann zu mir, »kommen Sie vom Kriegstheater.«

Ich bejahte.

»Obgleich ich Ihnen völlig fremd bin,« fuhr er dann mit einer leichten, gewinnenden Verbeugung fort, »so bin ich doch so frei, an Sie eine Bitte zu richten, und zwar die, mir über den Stand der Verhältnisse einige Aufklärung zu geben. Beliebt es Ihnen vielleicht, bei uns das Abendbrot einzunehmen, so bin ich so frei, Sie hierdurch einzuladen.«

Verwundert und unentschlossen schaute ich Melchior an.

»Ich werde Ihnen unterdessen Ihr Stüblein zurecht machen,« antwortete dieser mir ziemlich mißvergnügt.

»Dann gestatten Sie mir, mich Ihnen vorzustellen,« fuhr hierauf der alte Herr fort, »ich bin Stanislaus von Kaminski und das ist meine Tochter Valeska!«

Er verneigte sich mit feinem Anstande und das junge Mädchen machte mir ein ganz allerliebstes graziöses Kompliment, so daß ich nur verlegen meinen Namen hervorstottern konnte.

Herr von Kaminski führte mich nun in ein kleines, hochgewölbtes Zimmer, auf dessen braunes Getäfel eben der Purpurglanz der scheidenden Sonne fiel; hier fanden wir das Abendbrot bereits aufgetragen, so daß wir uns gleich zu Tisch setzen konnten.

Meine kurze Kriegsgeschichte, die schließlich nur den einen Höhepunkt, die Schlacht bei Großgörschen, besaß, ward bald erzählt. Herr von Kaminski und seine schöne Tochter hatten aufmerksam zugehört. Sie hatten mich an keiner Stelle unterbrochen, nur wenn mir das Herz bei der Schilderung irgendeiner Szene einmal wärmer geschlagen und mein Zorn gegen die Franzosen lebhafter emporgelodert hatte, war ein eigentümliches Lächeln über das ruhige, glattrasierte Gesicht des alten Herrn geglitten.

Schließlich dankte er mir für meine Mitteilungen, erwiderte mir aber zu meiner Verwunderung nichts auf mein Gesagtes und meine daran geknüpften Hoffnungen. Nach kurzer Pause, während welcher ich zu Valeska aufzuschauen gewagt hatte, begann er dann:

»Nach diesen aufregenden Kriegswochen wird Ihnen der ländliche Friede hier recht wohl tun.« Dann wußte er mich in anziehender Weise von dem alten Schlosse zu unterhalten, dessen wahrscheinliche Erbauung er in die Zeit des dreizehnten Jahrhunderts setzte, was er an der Art der Gebäudegruppierung und dem Baustil mit reichem Wissen erläuterte – bis Melchior hereintrat, um mir mitzuteilen, daß er mir mein Stübchen instand gesetzt habe.

So gern ich auch noch in der angenehmen Gesellschaft geblieben wäre, mußte ich doch meiner Abspannung und Müdigkeit Rechnung tragen. Ich empfahl mich; ein voller Blick Valeskas traf mich noch, als ich noch einmal in der Türe, wohl gegen ihr Erwarten, zu ihr aufsah – und mühsam stieg ich mit heißem Gesicht in Begleitung des alten Melchior eine Wendeltreppe hinauf in ein behagliches Turmzimmer, in welchem meiner ein mächtiges Himmelbett mit säulenartigen, gedrehten Füßen harrte.

Der jetzt etwas mürrische Alte zündete mir ein Licht an, wünschte mir gute Ruhe und ging.

Als ich allein war, schaute ich mich um und strich mir über die Stirn. Ich mußte mich erst wieder besinnen, was in der kurzen Zeit alles mit mir vorgegangen war. Dabei fühlte ich aber auch wieder das Brennen meiner Wunde, die vom Fallen in das Bienenhaus etwas aufgerissen sein mochte, stellte daher meine Trompete auf den Tisch, holte etwas von der weichen Leinwand hervor, die man mir in Jena vorsorglich mitgegeben, verband mich frisch und streckte mich bald wonniglich auf das weiche Lager nieder.

Mit dem Einschlafen ging es jedoch nicht so schnell; ich war noch zu aufgeregt, und wenn ich auch die Augen schloß, so kam doch noch kein Schlaf, vielmehr ging mir alsbald das bunte Durcheinander der letzten Woche regellos im Kopfe herum; alle die Begebnisse der jüngsten Zeit spukten und kollerten mir durch die Gedanken. Bald sah ich uns im Lärm von Breslau mitten unter der schlesischen Landwehr, bald zog ich einsam über die kahlen höchsten Rücken des Erzgebirges, dann glänzten mir wieder die großen, begeisterten Augen unseres trefflichen Rektors entgegen, dann wurde es grün und blätterreich vor mir, blühende Bäume dufteten mir entgegen und schöne braune Augen blitzten auf, schalkhafte rote Lippen lächelten mir zu. Schon wollte ich verlangend die Arme ausstrecken, als alles verschwand, Waffenlärm erklang, Kanonendonner mich umdröhnte, Kommandorufe, Stimmengewirr und das ganze Geschrei der Schlacht mich umtoste – bis ich plötzlich schmerzvoll im Lazarette lag und der greise Held mit seinen funkelnden Stahlaugen mich anschaute, die blitzende Trompete in der Hand. – »Hilf damit bald die vermaledeiten Franzosen aus Deutschland hinausblasen – blase sie stets zu Deutschlands Ehre!« – ich drückte das Kleinod fest an meine Brust, der Glanz des erhofften neuen deutschen Reiches ging vor mir auf, heilige Weihe kam über mich – feierlicher Friede lag über dem weiten, herrlichen Vaterlande – ich lag in tiefem Schlummer.

Der helle Sonnenschein glänzte bereits durch die runden Scheiben in mein kleines Gemach, als ich verwundert erwachte.

Ich mußte mich erst wieder einen Augenblick besinnen, wo ich mich befand, so fremd erschienen mir die hochlehnigen, mit Leder beschlagenen Stühle, die mit braunem Tannenholz getäfelten Wände, die beiden bärtigen Männer, die zu beiden Seiten der Türe finster aus ihren breiten schwarzen Rahmen auf mich herab blickten und beide mit der rechten Hand ein Wappen hielten, in welchem der Hussitenkelch strahlte.

Ich ließ die trüben Gesellen, erhob mich und blickte neugierig zum Fenster hinaus. Ein herrliches blühendes Tal breitete sich vor mir aus, und unmittelbar unter meinem Fenster duftete und prangte ein schattiger Schloßgarten.

Zuerst glaubte ich, es sei alles still drunten, doch nach wenigen Augenblicken vernahm ich etwas gedämpfte Stimmen rechts zur Seite. Ich schaute genau hin und sah helle Sommerkleider durch das Grün schimmern. Da sich diese jedoch nicht bewegten, so schloß ich, daß sich dort eine Laube befinde, in der eine jugendliche Mädchengesellschaft Platz genommen. Etwas Genaueres vermochte ich durch die dichten Zweige nicht zu erspähen. Die Stimmen konnte ich jedoch ziemlich deutlich vernehmen; ich lauschte daher.

»Das wäre herrlich!« sagte die eine.

»Ob er es aber auch tun wird?« zweifelte eine andere.

»O, wenn wir ihn recht darum bitten,« versetzte zuversichtlich eine dritte – und diese klare Stimme kannte ich.

»Ja, wenn Sie ihn darum bitten,« rief da die erste Stimme freudig lauter.

»Ob er aber auch etwas anderes als Signale blasen kann?« warf eine Ungläubige dazwischen.

Mir schoß das Blut in den Kopf – sollte ich der Gegenstand der Unterhaltung sein? »Das wäre fatal,« entgegnete die mir bekannte Stimme; »doch nein, er sieht aus, als könnte er auch etwas mehr.«

»Dies Vertrauen mußt Du rechtfertigen,« fuhr mir sogleich durch den Kopf. Schnell nahm ich meine Trompete zur Hand, einen Augenblick sann ich nach, dann nahm ich alle meine Kunst zusammen und blies leise das hübsche Lied von Meister Tieck, das damals viel gesungen wurde:

»Feldeinwärts flog ein Vögelein
Und sang im muntern Sonnenschein
Mit süßem, wunderbarem Ton:
Ade; ich fliege nun davon!
Weit, weit
Reis' ich noch heut!«

Ich wunderte mich selbst, wie ich das so hübsch glatt und voll hinein blies in die frische Landschaft. Doch noch weit mehr erstaunte ich, als eine wundervolle, klare Stimme aus dem Grün, mir gleichsam antwortend, den zweiten Vers zu singen begann:

»Ich horchte auf den Feldgesang,
Mir ward so wohl und doch so bang;
Mit frohem Scherz und trüber Lust
Stieg wechselnd bald und sank die Brust:
Herz, Herz!
Brichst du vor Wonn' oder Schmerz?«

Das klang so wunderbar schön, so prächtig, daß ich nun entzückt den Schlußvers des Liedes zu blasen begann, meinend, da müsse die Sängerin nun erst recht mit einstimmen. Allein sie schwieg zu meinem großen Bedauern, und ich hatte nun Mühe, den Vers zu Ende zu blasen, so reizlos, so hohl klang mir auf einmal der Ton meiner Trompete.

Enttäuscht stellte ich mein Instrument auf die Fensterbank und lehnte mich zum Fenster hinaus nach der Laube; doch so sehr ich mich auch bemühte, ich vermochte kein Streifchen eines Sommerkleides zu entdecken. – Alles war still und leer.

In diesem Augenblicke klopfte es an meiner Türe, eine alte Frau, wohl eine alte Dienerin des Hauses, fragte, ob es mir gefällig wäre, in das Wohnzimmer hinab zu kommen, um den Morgenkaffee einzunehmen.

Ich tat schnell noch einen Blick in den Spiegel und bemerkte unwillig, daß mein Gesicht von den gestrigen Bienenstichen noch ziemlich entstellt war.

Als ich unten eintrat, fand ich Valeska und ihren Vater bereits am Frühstückstische stehend. Sie verneigte sich leicht mir gegenüber, auch der alte Herr wünschte mir mit einer eleganten Handbewegung einen guten Morgen.

»Nun, wie haben Sie geruht in dem alten Gemäuer?« fragte er sodann.

Es wollte nicht recht mit meiner Sprache vorwärts gehen, denn meine Augen hafteten immer wieder, obgleich ich sie verschiedentlich versuchte abzulenken, an der graziösen Mädchengestalt, die in einem hellen Sommerkleide in reizvollster Jugendschöne neben dem alternden Vater lehnte. Dazu umspielte den rosigen Mund ein so sonniges Lächeln, die braunen Augen glänzten so sinnbestrickend, daß es nicht Wunder nehmen konnte, wenn ich nur Unüberlegtes hervorbringen konnte.

Der Herr von Kaminski half mir aber in höflicher Weise über die Klippe hinweg, indem er mich fragte, ob ich ein bestimmtes Reiseziel habe, und als ich verneinte, rief er mit gewinnender Freundlichkeit:

»Dann macht es mir Vergnügen, Ihnen die Burg als Kurort anempfehlen zu können. Sie ist zwar nicht mein Eigentum, aber ich weiß, daß ich im Sinne ihres Besitzers handle, wenn ich so frei bin, sie Ihnen zum Aufenthaltsorte anzubieten.«

Unwillkürlich sah ich zu Valeska auf. Ein glänzender Schalkblick traf mich, der nicht verbarg, daß sie keine abschlägige Antwort erwarte. Und doch hätte ich am liebsten gleich wieder mein kleines Bündel geschnürt und wäre hinweggegangen, wenn auch mit wehmütigem Herzen. Denn was sollte das werden mit mir armem Soldaten, konnten meine trunkenen Blicke noch länger an diesem Frauenbilde hängen!

Sie bemerkte meine Verlegenheit, schien sie aber anders zu deuten und sagte mit sanfter Stimme, der ich eine leise Trauer anzuhören glaubte:

»Freilich können wir Ihnen nichts weiter bieten, als ein stilles Landleben – und unsere einfache Gesellschaft.«

»Höchstens noch bisweilen etwas Eigensinn,« fügte der Vater mit komischem Ernste hinzu.

»Aber nur bisweilen,« rief Valeska, während sie den rosigen Mund in leichtem Schmollen zusammenzog.

Da war mein Schicksal entschieden. Ich nahm das freundliche Anerbieten an.

Hierauf setzten wir uns; sie servierte wie eine umsichtige Hausfrau den Kaffee, und dabei plauderten wir über allerlei kleine Vorfälle aus Haus und Feld.

Nach dem Morgenimbiß, als wir vom Tische aufgestanden waren, traf mich ein voller Blick ihrer dunklen Augen, so daß ich unwillkürlich stehen blieb. Sie trat denn auch zu mir heran und sagte: Es sei heute, wie ich wohl wisse, der Tag des heiligen Nepomuk. An diesem mache man hier stets eine Prozession nach einer für die Gegend sehr wichtigen hohen Brücke, die über einen reißenden Gebirgsbach führe, und auf dem sich ein Standbild des Landesheiligen und des besonderen Beschützers der Brücken befinde. Dieses Nepomukfest sei stets ein fröhliches, das man sich gern durch Musik verschöne. Leider seien in diesem Jahre die bisherigen Musikanten beim Heere, man habe jedoch freudig bemerkt, daß ich im Besitz einer Trompete sei und hoffe nun, daß ich mit ihr das Fest verschönen helfen werde.

Das war eigentlich eine Bitte; aber es klang wie ein vornehmer Befehl, dem man nur die Form eines Wunsches gegeben hatte, weil eine Weigerung ganz außerhalb des Gedankenkreises der Bittstellerin zu liegen schien.

Ich wagte denn auch kaum einzuwenden, daß ich kein Katholik, sondern ein Lutherischer sei, und versprach, trotz alledem meine ganze Kunst für den Heiligen zu entfalten.

Mittlerweile war die Zeit für die Messe herangerückt, und ich mußte eine Stunde lang auf meine liebenswürdige Gesellschaft verzichten.

Mit einer gewissen edeln Vornehmheit bot der alte Herr seiner Tochter den Arm, und so schritten sie beide zum Tal hinab, der Dorfkapelle zu. Ich schaute ihnen aus dem Fenster nach, bis sie in dem frischen Grün verschwunden waren. Dann ging ich zum alten Melchior hinüber. Der stand an seiner Hobelbank und schnitzte Weiselkästchen für die kommende Schwarmzeit der Bienen. Ich fing allerlei mit ihm zu reden an, aber es kam keine rechte Unterhaltung in Fluß. So stieg ich denn endlich zu meinem Zimmer hinauf, um einen Brief in die Heimat zu schreiben.

Ich mochte etwas zu lange gesessen haben; als ich hinab kam, hörte ich, daß die Messe längst vorüber sei. Ich trat in die Wohnstube. Valeska stand vor einem Bücherschränke und blätterte in einem Buche.

»O, da störe ich wohl,« entschuldigte ich mich und wollte zurück.

»Nicht im geringsten,« versetzte sie jedoch. Ich blieb daher.

»Ich hatte vorhin,« fuhr sie fort, »so ein Gefühl von Einsamkeit und griff daher wieder einmal zu meinen Büchern. Meine Hand erfaßte dabei den vierten Band der *»Études de la nature par Bernardin de Saint-Pierre«*, der *»Paul et Virginie«* enthält, und als ich nun in dem Buche herumblätterte, das ich früher unter Tränen gelesen, machte ich eine höchst sonderbare Entdeckung: selbst bei den rührendsten Schilderungen konnte ich mich nicht wieder in die alte Stimmung hineinfinden. Wunderbar, wie ich anders geworden sein muß in diesen wenigen Jahren.«

Sie sagte das fast leise, träumerisch, wie zu sich selbst.

»Wenn ich mir überhaupt ein Urteil erlauben darf,« versetzte ich, »so ist dies gewiß eine Wandelung zu Ihrem Vorteil gewesen. Ist auch die Erzählung der Erlebnisse Pauls und Virginiens von unvergänglicher Frische, so ist doch die Stimmung in dieser Dichtung keine gesunde. Der französische Verfasser will uns durch seine hübschen Schilderungen zu dem Glauben bekehren, daß die Menschen nur dann wieder gut, glücklich und zufrieden werden können, wenn sie sich wieder ganz von dem Drange nach Bildung frei machen und dann stillvergnügt ohne Bedürfnisse dahinleben in Wäldern und auf Auen. Eine solche Aufforderung zum Zurückgehen auf die unterste Stufe der Bildung muß aber alle, die sich von dem Franzosen haben diese falsche Meinung beibringen lassen, traurig stimmen, denn ein solches Zurückgehen ist ja doch nicht möglich; sie muß ferner mutlos machen, vorwärts zu streben – und das ist das Schlimmste, was uns passieren kann in unserer Zeit, in der man mit Recht die Menschen *durch allseitige Bildung* zu glücklicheren, das heißt zu aufgeklärteren, vernünftigeren, strebsameren, tatkräftigeren machen will!«

Sie schaute mich mit ihren großen dunklen Augen verwundert an, als hätte sie derartige Entgegnungen von einem Trompeter nicht erwartet.

»Wie anders,« fuhr ich fort, »hat da ein *deutscher* Dichter in einem Idyll über derartige Verhältnisse gedacht. Goethe schildert uns in ›Hermann und Dorothea‹ Menschen, die in geregelten, gesitteten Kulturzuständen sich in schönheitsvoller, schlichter Einfalt und Ursprünglichkeit menschlich erzogen haben. Und darum wird man auch von den Goetheschen Leuten überzeugt sein, daß sie an der stets fortschreitenden Entwickelung des Menschengeschlechts rüstig teilnehmen werden, ohne dabei ihre Tüchtigkeit einzubüßen. Von den Personen des französischen Dichters wird man eine solche Überzeugung nicht gewinnen können. Wenn ich nach dem Kriege zu meinen Studien zurückkehre, so dürften mich diese interessanten Gegensätze, die mich schon länger beschäftigt haben, zu einer Abhandlung veranlassen.«

Die Verwunderung Valeskas hatte sich mittlerweile noch gesteigert. Es schien, als eröffnete ich ihr eine ganz neue Welt – dann glitt ein Lächeln über ihr schönes Gesicht.

»Ich kenne die deutsche Literatur zwar nicht,« sagte sie ruhig, »ich habe bisher nur französische Dichter gelesen, aber ich habe oft gebildete Männer, deren Urteil ich schätze, sagen hören, daß die deutschen Dichter nur Nachahmer oder auch Übersetzer der französischen seien. Goethe hat Voltaires »Mahomet« ins Deutsche übertragen und Schiller Pikards Lustspiel »Der Neffe als Onkel« für die deutsche Bühne bearbeitet.«

Erstaunt, sprachlos schaute ich auf die geistvollen, glänzenden braunen Augen, auf den schönen Mund, der so etwas sagen konnte.

»Allerdings,« fuhr sie nach einer kurzen Pause in kühlem Tone fort, »*eine* deutsche Dichtung hat ja Aufsehen erregt; verzeihen Sie, wenn ich Ihrem Volke Unrecht tat. Irre ich nicht, so hieß sie, › *Les souffrances du jeune Werther*‹ – ganz recht – und der Kaiser Napoleon nahm sie sich sogar als Reiselektüre mit auf den Feldzug nach Ägypten.«

»Das Buch mag dadurch in den Augen der Franzosen gewonnen haben, daß sich Bonaparte damit auf einer Seereise die Langeweile vertrieb,« versetzte ich, ohne meine Bitterkeit unterdrücken zu können; »Gott sei Dank, besitzen wir aber auch noch mehr und auch Besseres noch von Goethe, als ›Werthers Leiden‹, so daß wir selbständig genug sind, um des Beifalls unserer Nachbarn entbehren zu können. Gebe der Himmel, daß wir ihren Einfluß, den anmaßenden literarischen sowohl, wie den uns frech aufgedrungenen politischen, bald und für immer abstreifen!«

Erschrocken fuhr das Mädchen über meine letzten erregt herausgestoßenen Worte zusammen.

»O, mein Gott!« rief sie vorwurfsvoll, »wohin kommen Sie, wohin wenden Sie unser Gespräch!«

»Auf das Thema, das jetzt das vornehmste in allen deutschen Herzen ist, denn der brennende Wunsch, die fränkischen Fesseln –«

»O, halten Sie ein,« unterbrach sie mich hier, indem sie ihre Hände abwehrend emporhob, »so mag man drüben, jenseits des Gebirges, denken, da ist Krieg; aber hier, hier ist Friede. Wir wollen dieses Vorteils nicht verlustig werden. Ich bitte Sie,« setzte sie in ihrer reizvollen Anmut hinzu, »erhalten Sie uns diesen Frieden und sprechen Sie nie von Politik, so lange Sie hier sind, denn wir alle« – und jetzt brach ihre ganze schelmische Heiterkeit wieder durch – »wir hier sind alle schlechte Politiker!«

Dabei streckte sie mir lächelnd die Hand entgegen. »Also Friede sei mit uns!« rief sie, und ich schlug, ganz bezaubert von ihrem Liebreiz, ein, ohne zu überlegen, was ich versprach.

Wunderlich nahm sich die kleine weiße Hand in der meinen aus, die vom Kriegshandwerk schon stark gebräunt war.

»So geschehen am Tage St. Nepomuks!« rief sie mit komischem Ernste. –

Am Nachmittage versammelten sich die jungen Mädchen des Dorfes auf dem Schloßhofe, mit Kränzen beladen, und als Valeska sich überzeugt hatte, daß die Gesellschaft vollzählig war, führte sie den bunten Zug zur hohen Brücke an. Ich bildete den Schluß, denn auf dem Hinwege durfte noch nicht geblasen werden.

Nach einem kurzen Marsche waren wir zur Stelle. Mit einer kühnen Wölbung schwang sich die für den Verkehr der ganzen Gegend höchst wichtige Brücke über den wilden Gebirgsbach. Zu beiden Seiten befanden sich steinerne Brüstungen, auf deren einer die graue Statue des heiligen Nepomuk »mit dem Stern und Kranzel« stand.

Die Mädchen entrollten nun ihre Laubgewinde; Valeska hüpfte leicht wie ein Reh auf die Brückenmauer, ließ sich die Kränze hinaufreichen und schmückte mit reizender Anmut das Standbild.

Ich lehnte unten an der anderen Brüstung und schaute bewundernd den flinken, schlanken Händen zu, wie sie den Blumenschmuck so gefällig um den ernsten grauen Heiligen legte, der keine Miene verzog.

Bald war der Schmuck vollendet, nur noch einen duftigen, und zwar den schönsten Kranz sollte der Heilige auf den Kopf gesetzt bekommen.

Ein Mädchen reichte ihn der Valeska hinauf, diese trat mit ihrem zierlichen Fuße auf eine dicke Falte von dem steinernen Gewande des Heiligen, warf mir mit einem unterdrückten Lächeln einen schelmischen Blick zu, und wollte eben den Kranz über den rostigen eisernen Heiligenschein stülpen, als die Bildsäule plötzlich zu wanken begann.

Bestürzt stieß Valeska einen kurzen Schrei aus, ich sprang hinzu, erfaßte sie mit meinem gesunden Arme und zog sie schnell zu mir herab. Zitternd sank sie an meine Brust. Klirrend fiel in demselben Augenblicke der Heiligenschein mitsamt dem Kranze in den schäumenden Bach. Gleich darauf richtete sich aber Valeska auch wieder empor, entzog mir ihre Hand und blickte das nun wieder unbeweglich dastehende Steinbild an.

»Das war recht kindisch, gleich so einen Schreck zu bekommen,« rief sie lachend, »aber es war mir, als hätte der Alte Leben bekommen. Was einem doch gleich für dummes Zeug durch den Kopf schießt! – Ich danke,« setzte sie dann kurz, leicht zu mir gewandt, hinzu.

Wir untersuchten jetzt das Fundament der Bildsäule und entdeckten, daß die Steine der Brüstung, auf denen sie ruhte, bereits stark zerbröckelt waren, so daß ein Umstürzen, sobald ein leichtes Übergewicht hinzukam, leicht möglich war.

Doch freuten wir uns, daß diese Katastrophe, die unserer Freundin leicht hätte das Leben kosten können, noch glücklich vermieden worden war. Die Mädchen murmelten darum dankerfüllt noch ein Gebet, und dann wandten wir dem gefährlichen und doch auch recht undankbaren Heiligen den Rücken; wir brachen zum Heimwege auf.

Jetzt sollte meine Musik beginnen, die Mädchen ordneten sich paarweise, Valeska mit einer schmucken Bauerndirne zu oberst, und dem ganzen Zuge voran ich selbst.

Ich suchte nicht erst lange nach Melodieen, die erste beste, die mir einfiel, begann ich, und so blies ich in den blühenden Tag hinein: »Guter Mond, du gehst so stille«, dann »Sah ein Knab ein Röslein stehn«, und endlich »Stoßt an, Jena soll leben!« Bisweilen schaute ich mich auch um und hatte meine Freude daran, wie der lange Zug der Mädchen aufmerksam hinter mir her schritt, und wie ich dann auch wohl auf Valeskas glänzende Augen traf.

So in Reih und Glied zogen wir zunächst durch das Dörfchen, weiterhin den Schloßberg hinauf in den Schloßhof. Die verständigen Leute mögen schön darüber gelacht haben.

Oben im Schloßhofe fanden wir ein vortreffliches Abendbrot bereitet, zu dem mir uns jubelnd niedersetzten.

Mittlerweile kamen die geputzten jungen Burschen herauf; in einem Saale zu ebener Erde waren die breiten eichenen Tische beiseite geschoben worden, und bald sollte der Tanz beginnen. Aber der alte Fiedler, der zum Aufspielen bestellt worden war, wollte noch immer nicht kommen, so daß man bereits ungeduldig auf und ab ging.

Plötzlich vernahmen wir Geräusch und glaubten ihn schon durch das Tor schreiten zu hören, als ein Fremder in den Schloßhof trat, der den hinzutretenden alten Melchior nach dem Herrn von Kaminski fragte, zu dem dieser ihn denn auch führte.

Als der Alte hierauf wieder heraus kam, sah er finsterer und übellauniger denn je aus, so daß ich ihn schon wegen seiner Mißstimmung an einem solchen fröhlichen Abende befragen wollte, doch trat mir in diesem Augenblicke Valeska in den Weg. Sie schaute mich freundlich an und bat mich, da ich so hübsch blasen könne, einstweilen einen Tanz vorzutragen, damit das Vergnügen nun beginnen könne. Sie sagte das in so liebenswürdiger Weise, daß ich es nicht sogleich abzuschlagen wagte. Sie nahm die Verzögerung der Antwort für Zustimmung; als ich jedoch endlich Mut bekam, ihr zu entgegnen, daß ich mit der mir vom alten Blücher auf dem Schlachtfelde von Großgörschen verehrten Trompete nicht zum Tanz aufspielen könne, da ging ein Schatten über ihr schönes Gesicht.

»Um Blüchers wegen,« versetzte sie, ohne den Unwillen verbergen zu können, den ich in ihr erregt hatte und der ihr eigentümlich aus den dunklen Augen hervorblitzte, »sollten Sie mir die Bitte nicht abschlagen, er ist noch lange nicht Herr von Böhmen und wird es wohl auch nie werden.«

Sie drehte sich um und ging auf die andere Seite des Saales. Ich schaute ihr eigentümlich berührt nach.

Glücklicherweise kam gleich darauf der Fiedler. Er entschuldigte sich wegen seines längeren Ausbleibens. Unten im Kruge, sagte er, habe der Reitknecht des Couriers, der zum Herrn von Kaminski gekommen sei, allerlei erzählt, daß Napoleon nun fester denn je in Deutschland sitze, daß die Preußen bei Bautzen wieder eine Schlacht verloren hätten, und daß Blücher weit nach Schlesien verdrängt sei. »Das ist ja gerade wie bei Auerstädt!« solle der König von Preußen auf dem Rückzüge verzweiflungsvoll ausgerufen haben. Allgemein sei man nun der Meinung, daß in Kurzem Alles *Ein* großes Kaiserreich bilden werde.

Das gab eine große Aufregung; mir wurde es siedend heiß im Kopfe.

»Welcher Schurke denkt das!« rief ich tief erregt. »Bei Gott, das soll dem Korsen nicht gelingen, so lange sich noch eine deutsche Ader regt!«

Ich war außer mir. Ich hätte auf und davon laufen mögen, nach Schlesien zu. Doch mitten in meiner Hitze fühlte ich eine sanfte Hand die meine berühren. Ich schaute mich um und blickte in Valeskas bittende Augen.

»Sie versprachen nur, die Politik aus dem Spiel zu lassen; lassen Sie dem Spiel sein Recht!«

Das klang so herzinnig, sie lächelte mich so reizend an, daß mir betroffen der Atem stockte. Wie ein Zauberschleier legte es sich über mich. Ich wollte mich wehren, ich wollte das Netz abstreifen, das sich mir fühlbar über die Seele legte, aber ich erlahmte bei ihrem Anblick.

Der Fiedler begann eine Polonaise, einen bisher in diesem Eckchen Böhmerland völlig unbekannten Eröffnungsreigen.

Valeska stand neben mir.

»Ich habe bisher das Vorrecht gehabt, mir meinen Tänzer selbst zu wählen,« sagte sie zu mir, und der Schalk saß ihr im Nacken, indem sie zu mir aufblickte, »werden Sie mir mein Privilegium streitig machen?«

»Ich darf auf hohen Befehl nicht von Krieg reden,« versetzte ich, und in demselben Augenblicke schob sich die kleine Hand durch meinen unwillkürlich halb gebeugten rechten Arm – und voran schritten wir, den Saal entlang, und der lange, paarweise geordnete Zug des übrigen jungen Volkes hinter uns.

Mehrere ältere Leute, auch der Herr von Kaminski, waren mittlerweile in den Saal getreten, setzten sich in eine Ecke und schauten dem Treiben zu.

Meine Tänzerin verstand sich vortrefflich auf die verschiedenen Touren; die Verschlingungen und Durchzüge wußte sie aufs Anmutigste auszuführen. Dann teilten sich die Paare, die jungen Burschen, mit mir an der Spitze, schritten an der einen Seite des Saales entlang, die jungen Mädchen unter Anführung Valeskas an der anderen, bis wir wieder unten zusammentrafen und vereint in der Mitte des Saales heraufschritten.

An der uns gegenüberliegenden Wand hing ein Spiegel, in welchem ich uns sehen konnte. Überrascht blickte ich auf Valeska, wie sie mit reizender Anmut neben mir daherschritt, das Gesicht von der Freude leicht gerötet.

Jetzt klatschte sie in die Hände, der Zug stand, die Musik schwieg, um gleich darauf mit einem munteren Walzer abermals zu beginnen. Ich legte meinen rechten Arm um ihre schlanke Taille, und dahin flogen wir im rhythmischen Schwunge.

Ich war bisher ein schlechter Tänzer gewesen, auf unseren Primanerbällen war ich nie recht fortgekommen – hier schien ein Zauber obzuwalten, so leicht schwebte ich dahin.

Die Tänze wechselten nun in bunter Folge, mit jedem neuen ward die Gesellschaft fröhlicher; überall, wo Valeska hinkam, gab es heiteres Scherzen, lustiges Lachen. Bisweilen drehte sie sich auch wohl nach mir um, und wenn sich dann unsere Blicke trafen, so ging ein glänzender Schimmer über das lebendige Gesicht, daß mir das Blut heiß in den Kopf schoß, und ich aufatmete, als dämmerte leise ein süßes Geheimnis in meiner Seele auf.

Nach verschiedenen Tänzen traten in einer Pause mehrere junge Mädchen zu Valeska heran.

»Wir bitten Sie, gnädiges Fräulein,« sagten sie, »uns doch die Mazurka, mit der Sie uns neulich überraschten, noch einmal vorzutanzen!«

Valeska zögerte einen Augenblick.

»Das war ja gar keine eigentliche Mazurka,« warf sie ein, »ich hatte nur die Touren des Herrn mit denen der Dame in ein unvollkommenes Ganzes verschmolzen, damit ich unsern schönen Nationaltanz in der Fremde nicht ganz vergesse.«

»Bitten Sie das gnädige Fräulein einmal,« wandte sich ein Mädchen an mich.

Ich schrak unwillkürlich zusammen, als müßte sie, wie es in mir aussah. Valeska hatte die Aufforderung an mich gehört und blickte leichthin zu mir auf. Dann warf sie aber, ehe ich antworten konnte, das seine Köpfchen zurück, daß die dunklen Locken reich in den Nacken wallten, klatschte mit den Händen und machte eine leichte Bewegung, daß man Platz mache.

»Die Mazurka, die ich Euch kürzlich gelehrt habe!« rief sie dem Geiger zu. Bei diesen Worten stand der alte Herr von Kaminski aus seiner Ecke auf, preßte die schmalen Lippen etwas fester aufeinander und schaute ernst auf seine Tochter. Diese strich sich einige dunkle Haarlöckchen aus der heißen Stirne, ließ sich ihre polnische Mütze reichen, setzte sie auf, daß die rechte Seite des viereckigen Deckels keck emporstand, während die linke sich herabneigte.

Die Musik begann; eine eigentümliche Schwermut lag in der fremdartigen Weise. Zu meiner Verwunderung bemerkte ich auch, wie ein leichter Zug von Trauer sich auf das Gesicht der schönen Tänzerin legte. Diese hatte unterdessen die Hände an den Gürtel gestemmt und begann sich mit ganz eigenartiger Würde nach dem Takte zu bewegen. Erst glitten die schmalen Fußspitzen leise über den Boden; dann schwebte der schlanke Körper graziös dahin; dann klappten die flüchtigen Sohlen laut auf die Dielen; gleich darauf drehte sich die reizende Gestalt im lebhafteren Tempo um sich selbst – alle anmutigen Bewegungen, alle sanften Biegungen des Körpers schienen aus der Musik unmittelbar hervorzuwachsen – es war, als ob die Melodie hier Fleisch und Blut geworden wäre.

Immer rascher wurde der Takt, immer leidenschaftlicher schwang sich die Tänzerin; die braunen Locken flogen um das heiße Gesicht – noch ein heftiger Strich über die Geige; laut klappten die zierlichen Schuhe auf die Dielen, und Valeska stand straff und gerade auf demselben Platze, von dem aus sie zu tanzen begonnen hatte.

Nun verneigte sie sich – und die Schwermut war aus ihrem Antlitz verschwunden. Lächelnd sprang sie zu ihrem Vater, der sie freudestrahlend in seine Arme schloß.

Ich atmete tief auf und schaute dem wunderbaren Mädchen nach, während die übrigen Zuschauer in den lebhaftesten Beifall ausbrachen.

Der eigentümliche Tanz sollte auch den Schluß des Vergnügens bilden. Die Köchin brachte mit einer Gehilfin Kaffee und süßes Gebäck herbei, man schob die Tische wieder in die Mitte des Saales, und bald saß die lustige junge Gesellschaft zum Schlußakte versammelt vor den dampfenden Tassen.

Valeska trank aber leider nicht mit den übrigen, sie war bei ihrem Vater stehen geblieben, nahm dort eine Tasse Kaffee ein, rief uns dann noch ein munteres »Gute Nacht!« und »Wohl bekomm's!« zu und verschwand mit dem alten Herrn.

Nun schmeckte mir der Kaffee nicht mehr. Ich sah mir die übrige Gesellschaft um mich her an – es waren alles reizlose Gesichter nüchterner Bauernmädchen und vierschrötiger Bauernburschen.

Ich wünschte daher ebenfalls »Gute Nacht!« und tappte die dunkle Wendeltreppe hinauf in mein Stübchen. Dort schlug ich mir Licht und schaute unwillkürlich in den Spiegel, gleichsam als wollte ich nachsehen, ob ich auch noch derselbe sei, der am Morgen hinausgegangen. Ich blickte in der Stube umher – ganz eben noch so ernst schauten die beiden Hussiten auf mich herab – es war alles noch so im Zimmer, wie ich es verlassen hatte, und doch kam mir das ganze Stübchen so fremd vor.

Sie hätte mir doch etwas anders »Gute Nacht« sagen können, dachte ich. Gehöre ich denn auch nur so zur großen Menge? –

Das Fest des heiligen Nepomuk hatte mich aber doch sehr angestrengt, müde streckte ich mich auf's Bett und lag bald in tiefem Schlafe.

Als ich am andern Morgen erwachte, bemerkte ich, daß ein Stück meiner Wunde wieder aufgesprungen war, und daß überhaupt das Fest nachteilig auf meine Gesundheit gewirkt hatte. Beim Morgenkaffee sah man es mir auch an, und der alte Herr fragte mich teilnehmend, was mir fehle.

Valeska empfahl mir, mich still in die Laube im kleinen Schloßgarten zu setzen, wo mich die herrliche, erquickende Morgenluft stärken werde. Wenn ich erlaube, würde es ihr ein Vergnügen sein, mir Gesellschaft zu leisten.

Das gefiel mir schon; es währte daher nicht lange, so saßen wir, sie mir gegenüber, unter dem prächtigen Buchendache und schauten in das friedliche Tal hinab.

Ein leichter Morgenwind zog jedoch durch die Zweige; sie stieg daher noch einmal hinauf und brachte mir ein wollenes Tuch herab. Ernsthaft breitete sie es mir über die kranke Schulter, ihre Hände streiften mich leise dabei, und wie nach einem elektrischen Funken ging mir ein heißer Glutstrom durch alle Glieder.

Unsere Unterhaltung war bald gefunden. Ich begann, ihr von unserer Schule, von unserem alten Rektor zu erzählen, sprach dann von meinen Zukunftsplänen, daß ich die alten Sprachen und auch etwas Philosophie studieren wollte, wenn der Krieg vorüber sei, um dann auch Lehrer an einem Gymnasium, ja vielleicht gar Professor an einer Universität zu werden. So kam ich aus mein Lieblingsstudium, meinen begeistert verehrten Homer – und bald saßen wir mitten im trojanischen Kriege.

Sie schaute mich mit ihren großen braunen Augen aufmerksam an, ihr Atem stockte beklommen, wenn eine gefahrvolle Szene sich entwickelte, sie atmete tief auf, ihre Angst selbst leicht belächelnd, wenn die Helden glücklich dem Verderben entronnen waren – und sie suchte vergeblich die Rührung zu verbergen, die sie erfüllte, wenn der unerbitterliche Tod einen kühnen Kämpfer hinab in die Unterwelt geschleudert hatte.

So flogen die Morgenstunden rasch dahin, der Mittag führte uns mit Herrn von Kaminski zusammen, der stets am Vormittage, wie mir Valeska sagte, Korrespondenzen erledige, und am Nachmittage wanderten wir hinaus in die schöne Umgebung, begleitet vom alten wegekundigen Melchior.

Zuerst besuchten wir die Bienen und lachten dabei über meine eilige Reise, dann ging's in den Wald durch romantische Schluchten, in denen ich helle Lieder auf meiner Trompete blies, daß es weit durch den Wald schallte, bis wir auf einer traulichen Waldwiese Halt machten und die müden Glieder in das duftige Gras steckten. Ein vorsorglich mitgenommenes Vesperbrot mitsamt der wohligen Ruhe stärkte uns dann wieder, so daß wir im Abendsonnenschein wohlbehalten im Schlosse eintrafen.

An den folgenden Tagen wiederholte sich die Lebensweise, ich kam mittlerweile mit meinen Erzählungen zu den Irrfahrten des Odysseus. Von diesen ging ich zu den neuen deutschen Dichtern über, zuerst zu dem geliebten Schiller, seiner Jungfrau, seiner Maria Stuart, seinem Tell.

Als ich beim Tell die Vaterlandsliebe schilderte und mit gehobener Stimme rief:

> »An's Vaterland, an's teure, schließ' dich an,
> Das halte fest mit deinem ganzen Herzen,
> Hier sind die starken Wurzeln deiner Kraft!«

da loderte die Begeisterung zu hellen Flammen in Valeska auf, ihre Augen strahlten in magischem Glanze, ihr Busen erhob sich in fieberhafter Erregung.

»Ja wohl,« rief sie, »das ist die starke Wurzel deiner Kraft. In der Vaterlandsliebe wird auch das zerfleischte Polen, mein teures Vaterland, seine Stärke wieder finden, durch sie wird es erstehen zu alter Pracht!«

Erstaunt schaute ich auf das erregte Mädchen.

»Das glaube ich nicht,« versetzte ich, »denn zu diesen Hoffnungen haben die Taten der heutigen Polen nicht berechtigt. Sie haben sich einem Abenteurer, der Ausgeburt der schrecklichsten Revolution, in die Arme geworfen, einem Eroberer, der ebenso schnell, wie er emporgestiegen, versinken wird, versinken muß!«

Ich hatte diese Worte mit all dem glühenden Hasse gegen Napoleon hervorgestoßen und sah jetzt betroffen, wie sehr Valeska darüber erschrocken war. Sie ward bleich; starr blickte sie mich an, und mit bebender Stimme rief sie:

»Und sollte selbst dann, wenn der Kaiser fiele, das arme Polen für ewig zertreten sein?«

Ihre Lippen bebten, ihre Augen umschleierten sich, sie brach in Tränen aus.

Mir tat diese Trauer über das Elend des Vaterlandes unendlich weh. Ich suchte sie zu trösten. Ich bemühte mich, ihr zu beweisen, wie man sich nicht wohl anders einem Volke gegenüber benehmen könne, das seit hundert Jahren den Weltfrieden gestört habe und das sich jetzt mit den schlimmsten Feinden Deutschlands verbinde.

Allein sie nahm schluchzend ihre Stickarbeit und ging zum Schlosse hinauf.

Ich blieb sitzen und verlor mich in Gedanken. Es lag alles kraus, wirr und bunt vor mir; ich wußte nicht, was ich tun und was ich lassen sollte.

Lange mochte ich so gesessen haben, als ich es vom Schloßturme zwölf schlagen hörte. Das war die Zeit zum Mittagessen. Ich stand daher auf und stieg hinauf. Als ich in den Schloßhof trat, sprengte eben laut klappend ein Reiter davon. Verwundert blickte ich dem unerwarteten Fremdling nach, der nur den Herrn von Kaminski besucht haben konnte.

Gleich darauf war es wieder öde und still auf dem kleinen Hofe; nur der alte Melchior saß auf seiner Bank vor der Türe, blickte zur Erde und blies dicke Rauchwolken aus seiner Pfeife vor sich hin. Er sah so mürrisch und übellaunig aus, daß ich hinzutrat und ihn fragte, ob ihm etwas Unangenehmes zugestoßen sei.

»Grillen hab' ich,« versetzte er, »Grillen, die sich so ein alter Graukopf wie ich gar nicht mehr aufhängen lassen sollte. Was kann's mich am Ende scheren!«

»Und was schafft Euch die Grillen?« fragte ich teilnehmend weiter.

»Ja, das ist es. Da macht man sich seine dummen Gedanken, und es geht einen gar nichts an. – Aber so ist's nun einmal. Ich dachte eben – es ist doch mit dem Menschen gerade so, wie mit den Peifenköpfen. Das schöne Bildchen auswendig tut's beileibe nicht. Auf's Anrauchen kommt's an, wie sich so ein Kopf dann im Leben macht, wenn er zeigen soll, warum er da ist. Und dann muß so ein Kopf einen reputierlichen Stiefel haben – gerade wie der Mensch, dem's auch nichts hilft, daß er rechtschaffen und brav ist, wenn er unten in der Schmiere sitzt, keine Luft hat und sich nicht 'rausrappelt. Und nun erst der Tabak, was die Gedanken bei dem Menschen sind.«

Bei diesen Worten trat die alte Dienerin auf den Hof, um auszuschauen, warum ich nicht zu Tisch käme. Ich mußte daher die mir bis jetzt unverständliche Unterhaltung abbrechen.

Ich schritt in das Speisezimmer und traf den Herrn von Kaminski mit seiner Tochter in lebhaftem Gespräche in einer Fensternische stehen; man brach jedoch sofort ab, als ich eintrat.

Der alte Herr wandte sich in der ihm eigenen eleganten, freundlichen Weise an mich und erkundigte sich nach meinem Wohlbefinden, während mich Valeska aus der Nische mit glänzenden Augen fröhlich anblickte. Die ganze Betrübnis des Vormittags war aus ihrem rosigen Gesichte verschwunden.

Am Nachmittag machten wir wieder einen Spaziergang durch den Wald.

»Sie haben mir recht wehe getan heute morgen,« sagte unterwegs Valeska zu mir, »aber es ist glücklicherweise weit besser.«

»Was ist besser?« fragte ich schnell. »Nun werde ich Sie bestrafen und Ihnen *nichts* erzählen,« lachte sie.

Ich bat sie eindringlich, es stiegen bange Sorgen in mir über etwaige Siege Napoleons auf, allein sie schäkerte lustig um mich herum, sie spielte fast übermütig mit mir, daß es mich hätte verdrießen können, hätte sie nicht so reizend dabei ausgesehen und sich nicht mit unnachahmlicher Anmut dabei benommen. –

In solcher Weise gingen die Tage hin; meine Wunde heilte sichtlich, und schon trug ich mich mit Abschiedsplänen. Aber wenn ich dann an das Scheiden aus diesem friedlichen Tale dachte, so zog mir eine sonderbare Wehmut durch meine Seele, in tieferen, volleren Schlägen quoll mir das Blut aus dem Herzen, und ich konnte dann stundenlang sitzen und Gedanken nachhängen, die mir bisher ganz fremd gewesen waren. Bisweilen hätte ich aufspringen und davon, in die Welt hinaus laufen und alle Gedanken und Bilder verbannen mögen, die mich an das Schloß und seine Zauberin fesselten – und dann wieder hätte ich wünschen mögen, daß für immer wie eine Insel mitten im Ozean dies Tal unberührt von dem Treiben der Welt in stillem Frieden blühe und daß ich leben könnte mit ihr so sanft und glücklich, wie Paul und Virginie. War ich aber bei diesen Gedanken angelangt, so klangen mir plötzlich Fanfaren und Schlachtenlärm im Ohr. *»Blase sie stets zu Deutschlands Ehre!«* hörte ich rufen; stahlblaue Augen sah ich aufblitzen – ich mußte mich aufrichten, mir über die Stirn streichen und mich gewaltsam aus meinen Träumereien reißen.

An einem Vormittage umspannen mich abermals solche verlockende Phantasiebilder. Valeska hatte mir anfangs Gesellschaft geleistet; ich hatte ihren schlanken, geschickten Fingern zugeschaut, die einer gefälligen Häkelarbeit ein Muster nach dem anderen zugefügt, hatte zu ihrer großen Belustigung die Miene eines Kenners angenommen und über die Gruppierung der Blumen im Häkelmuster wie über die Säulenordnung in der antiken Baukunst gesprochen – da plötzlich hatte sie ihr Vater gerufen; sie war hurtig wie ein Reh davongesprungen – und nun saß ich allein.

Ich blickte in das Tal hinab; da sah ich Valeska mit ihrem Vater den Weg zum Dorfe hinuntergehen. Bald bogen sie aber in einen Seitenweg und entschwanden mir.

Die wunderlichsten Gedanken tauchten wieder in mir auf; unwillkürlich schloß ich die Augen. Mir war, als hielte ich ihre zarte weiße Hand in der meinen und als schaue ich in ihre munteren braunen Augen; sonnige Zukunftsbilder bauten sich vor mir auf – als mir auf einmal wieder der Lärm des Krieges in den Ohren gellte.

Wie steht es um die Sache des Vaterlands? rief es lauter denn je in mir. Aus den Breslauer Tagen tönte mir plötzlich herüber:

»Das Volk steht auf, der Sturm bricht los,
Wer legt noch die Hände feig in den Schoß?
Pfui über dich Buben hinter dem Ofen,
Unter den Schranzen und unter den Zofen!

Bist doch ein ehrlos erbärmlicher Wicht,
Ein deutsches Mädchen – –«

Ich fuhr auf und blickte erschrocken um mich. Mußte ich mir den Vorwurf machen, untätig in weichlichem Wohlleben hier zu liegen? Bisher nicht, jetzt aber war ich wieder hergestellt, was zauderte ich noch!

Ich stieg zum Schlosse hinauf. Im Schloßhofe auf seiner Bank neben dem Turm saß wieder der alte Melchior, fest die Augenbrauen zusammengezogen. Er hatte eines der alten Gewehre, die in seinem Zimmer hingen, auf seinen Knieen liegen und war damit beschäftigt, die halb verrosteten Schrauben aufzudrehen.

Ich hatte mir vorgenommen, ihm gleich mein Vorhaben mitzuteilen, endlich wieder zur preußischen Armee aufzubrechen, als ich ihn aber so mürrisch sitzen sah, vermochte ich meinen Vorsatz nicht über die Lippen zu bringen.

Ich setzte mich zu ihm und fragte ihn, was er tun wolle. Er blies, wie das so seine Art war, wenn er über etwas sprechen wollte, was ihm am Herzen lag, aus seiner kurzen Pfeife eine dicke Rauchwolke langsam vor sich hin, dann blickte er mich an und sagte:

»Und wenn ich auch mit ihm zusammen gerate, das kann ich nicht länger mehr mit ansehen. Und daß Sie so still dabei bleiben können, das – das tut mir sehr leid!«

»Aber um Gottes willen, was meint Ihr, lieber Melchior?« rief ich verwundert.

»Wie Sie herkamen, da dachte ich – – aber da sind Sie nun selber so in den Trödel mit hineingekommen –«

»Aber, bester Melchior!« brach es aus mir hervor.

»Nun ja,« rief er und warf erregt den Schraubenzieher auf die Bank, »die Polenwirtschaft darf nicht mehr so fortgehen!«

Mir schoß das Blut ins Gesicht; das Herz klopfte mir ungestüm, ich fühlte mich schuldig und vermochte nicht zu antworten.

»Ganz Preußen hat sich aufgemacht,« fuhr der Alte heftig fort, »um den vermaledeiten Franzosen hinauszujagen, Österreich darf sich nicht länger besinnen, mitzugehen, und nun setzt sich dieses polnische Gesindel hierher, geht mit dem Korsen Hand in Hand und untergräbt uns den Boden!«

»Was?« rief ich bestürzt und sprang auf.

Melchior schaute mich erstaunt an.

»Ist Ihnen denn das geheimnisvolle Treiben hier fremd geblieben?« fragte er.

Jetzt fiel es mir wie Schuppen von den Augen. Meine Blicke hatten bisher immer nur an Valeska gehangen, meine Gedanken waren immer nur bei ihr gewesen, so daß ich auf die verschiedenen Kuriere, die gekommen und verschwunden waren, nicht achtgegeben hatte. Jetzt traten mir auch verschiedene Unterhaltungen mit Valeska wieder vor die Seele und erschienen in ganz anderen Lichte.

Der alte Melchior kam meiner Frage nach Aufklärung zuvor. Er erzählte mir, bei seinem letzten Aufenthalte in Prag habe ihm ein alter Gesinnungsgenosse mitgeteilt, daß die Polen, gestützt auf die glänzenden Vorspiegelungen Napoleons, mit allen Kräften dahin arbeiten, das Bündnis Preußens mit Österreich zu gemeinsamer Bekämpfung der Ländergeißel zu verhindern. Die österreichischen Diplomaten, besonders Metternich mit seinem leichtfertigen, gewissenlosen Genz, seien leider den polnischen Einflüsterungen und dem polnischen Golde nicht abgeneigt. Der brave Freiherr vom Stein, der sich jetzt auch in Prag aufhalte, solle vergeblich mit allen Kräften dagegen arbeiten. »Wie ich heute von einem Bauern, der gestern in Prag war, erfahren habe,« schloß der alte Mann, »so ist jetzt selbst Scharnhorst, trotz seiner bei Großgörschen erhaltenen Wunde, nach Wien gereist, um eine Vereinigung, die uns allein nur retten kann, zustande zu bringen. Das scheinen aber die Polen zu wissen, und wenn ich nicht ganz blöde mit meinen alten Augen sehe, so ist jetzt eine ganz besondere Verschwörung im Werke, unsere Wünsche zu vereiteln. Und ich irre mich gewiß nicht – hier in unserem alten, stillen Schlosse laufen die Hauptfäden der bösen Schlingen, die unsere Hoffnungen erwürgen sollen, zusammen!«

Tief erregt war der Alte bei den letzten Worten aufgestanden.

Mir war eiskalt und dann wieder siedend heiß geworden. Zitternd ergriff ich die Hand des Braven.

»Beim ewigen Gott,« rief ich, »Ihr sollt mich nicht vergeblich an meine Pflichten gemahnt haben. Kann ich auch nur meinen Arm dem Vaterlande bieten, dem Himmel sei Dank, er ist wieder stark genug – morgen in aller Frühe werde ich wieder nach meinem –«

In demselben Augenblicke trabte ein Reiter in den Schloßhof.

»Schon wieder so einer von den nichtswürdigen Kurieren,« brummte Melchior.

Der Reiter sprang vom Pferde und fragte nach kurzem Gruße, ob der Herr von Kaminski zu Hause sei?

»Der Herr macht einen Spaziergang,« versetzte Melchior.

»Wird er bald zurückkommen?« erkundigte sich der Fremde weiter.

»Das weiß ich nicht,« gab Melchior kurz zur Antwort.

»Das paßt mir schlecht,« fuhr der Reiter mißgestimmt fort. »Könnte ich jetzt nach kurzem Füttern wieder kehrtmachen, dann wäre ich am Abend wieder zu Hause; wenn ich aber hier erst noch viel Zeit verpasse, muß ich unterwegs übernachten und dann geht mir von dem geringen Verdienste, bei dem nicht einmal ein Trinkgeld zu besehen ist, wieder die Hälfte für die Zeche verloren. – Ach was,« setzte er lauter hinzu, »der alte Knicker in Prag hat mirs zwar an die zehn Mal gesagt, ich solle den Brief nur in die Hände des Herrn von Kaminski abgeben – aber ich habe die Reiterei hieher überhaupt satt. Hier ist das Gott weiß wie wichtige Schreiben, 's wird wohl auch nicht umkommen, wenn Ihrs aufhebt und dann abgebt.«

Dabei zog er einen dicken großen Brief aus der Brusttasche und gab ihn Melchior, der ihn schweigend in Empfang nahm.

»Habt Ihr noch etwas Tabak übrig?« fragte er dann noch, »ich habe unterwegs meinen Beutel verloren – und hier in dem ruppigen

Neste kann man nicht einmal für Geld, vielleicht aber für gute Worte, welchen bekommen.«

Melchior holte seinen Tabakskasten, der Kurier schüttete sich eine hübsche Menge in seine Manteltasche, bedankte sich, sprang auf seinen Gaul und sprengte mit flüchtigem Gruße wieder zum Tore hinaus.

Der Alte trug seinen Tabakskasten schweigend in sein Stübchen zurück. Ich folgte ihm. Er setzte den Kasten auf seinen alten Platz auf dem Eckschrank, dann warf er den dicken Brief mit nicht länger mehr verhaltenem Grimm auf den Tisch.

»Da, nun soll ich sogar noch meine Hände besudeln! Wie eine giftgeschwollene Kröte kommt er mir vor.«

»Was er enthalten mag, da er so wichtig sein soll?« fragte ich bang. »Böses Blut, List, Bestechung, Meuterei, Empörung!« rief der Alte immer heftiger.

Mir ward es siedend heiß.

»Mein Gott, welch ein Unheil muß daraus entstehen!« brach es aus mir hervor. »Und das sollen wir befördern, unterstützen?«

Die Augen des alten Melchior blitzten zu mir auf, dann schauten wir einige Augenblicke stumm auf den mit zwei großen Siegeln fest verschlossenen Brief.

»*Müssen* wir das?« unterbrach endlich Melchior die Stille.

»Wir müssen es nicht, wir *dürfen* es nicht!« rief ich jetzt und ergriff den Brief. Als ich ihn aber in den Händen hielt, überlief es mich eiskalt; der Atem stockte mir, meine Gedanken verwirrten sich; ich ließ den Brief wieder auf den Tisch gleiten. »Valeska!« rief es in mir. Ich mußte einige Minuten die Augen schließen, und da trat mir ein Mädchenbild vor die Seele, so schön, so begehrenswert und so unerreichbar, wenn –. Ich schauderte zusammen und blickte wieder zu Melchior auf. Straffe, finstere Falten hatten sich in das greise Gesicht gelegt.

»Freilich, ein ganzer Kerl muß man sein, und durch Weiber darf man sich die Sinne auch nicht berücken lassen, wenn man so ein gefährliches Netz zerhauen will,« sagte er bitter.

Das Blut schoß mir wieder in den Kopf, ungestüm klopfte mir das Herz.

»Ja wohl,« rief ich, »und bei Gott, ich will es sein. Was ist unschuldig, heilig, menschlich gut, wenn es der Kampf nicht ist ums Vaterland!«

Bei diesen Worten ergriff ich den Brief und riß das Kuvert auseinander, daß die roten Siegellackstücke weit umher auf die Erde sprangen.

Eine Menge Papiere fielen auf den Tisch, Listen mit vielen Namen und Zahlen und dann auch ein Brief an den Herrn von Kaminski.

Mit beklommenem Herzen lasen wir:

> »Ihr Plan hat sich vorzüglich bewährt, Scharnhorst ist glücklich von Wien fern gehalten worden und hat unverrichteter Sache wieder umkehren müssen. Er wäre auch sicherlich sehr gefährlich geworden und hätte ein Bündnis zwischen Österreich und Preußen zustande gebracht, hätten wir die Wiener, besonders den Alles vermögenden Genz, nicht rechtzeitig mit klingender Münze bearbeiten können. Jetzt ist Scharnhorst auf der Rückreise begriffen und soll auf der Straße von Iglau nach Prag liegen geblieben sein. – Der Ärger sei ihm, so berichtet man uns, in seine noch nicht geheilte Wunde gefahren. Es wäre ein Glück für unsere Sache, wenn der Kerl, der uns so sehr im Wege ist, mit Tod abginge.«

»Donnerwetter!« unterbrach hier der alte Melchior, »aber weiter, weiter!«

> »Doch er lebt noch,« fuhr ich zu lesen fort, »und darum soll eiligst unser alter Plan ausgeführt werden, der uns für immer retten wird. Napoleon hat sich endlich verpflichtet, uns das Königreich Polen wieder herzustellen, wenn wir das Bündnis Österreichs mit Preußen und Rußland, das Wilhelm von Humboldt, Hardenberg und Stein jetzt zusammenleimen wollen, verhindern. Napoleon beabsichtigt dann, Preußen vollständig zu zertrümmern und darauf Österreich matt zu legen. Es ist nun ein rasches Handeln nötig, denn bereits befindet sich der Kaiser von Österreich mit Metternich in Gitschin, um in Ratiborzitz, einem Schlosse der Herzogin von

Sagan, wo Genz sich augenblicklich aufhält, mit dem Könige von Preußen zusammen zu treffen. Genz ist der allmächtige Mann, der Beherrscher Metternichs – und ein Feind Preußens. *Ihn* müssen wir für unseren Plan gewinnen: und das ist schon halb gelungen. Er fordert viel, er ist durch England verwöhnt, aber wir werden die Summe aufbringen. Senden Sie eiligst den Rest der Kasse und schreiben Sie schnell eine neue Sammlung aus, die Listen der Parteigenossen liegen bei. Das Weitere in nächster Zeit. In Eile

Ihr
Lubinski.«

Mir war, als hätte mir jemand bei dem Ende des Briefes den Hals zugeschnürt, so voll entsetzlichen Erstaunens war ich. Ich blickte auf den Alten, der wie versteinert dastand.

Mehrere Minuten vergingen, ehe wir den ersten Eindruck überwinden konnten.

Endlich brach es im alten Melchior durch.

»Meine Ahnung, meine Ahnung!« rief er. »Also dieses niederträchtige Gesindel will die Wohlfahrt ganz Deutschlands untergraben, damit sein verlottertes Königreich, seine faule Adelswirtschaft zum Unheil der Welt wieder erstehe.«

Ein hohes Gefühl heiliger Verantwortlichkeit kam über mich.

»Dem Himmel sei Dank, daß uns diese giftigen Blätter in die Hände fielen. Aber nun gilt's auch rasch zu handeln. Sofort will ich zum Staatskanzler von Hardenberg eilen, den ich ja in der Nähe von Gitschin finden muß – unterwegs in Prag werde ich zu erforschen suchen, ob Scharnhorst etwa angekommen – und die sauberen Pläne der Gesellschaft werden wie Seifenblasen zerplatzen!«

Mit glänzenden Augen hatte mir der Alte zugehört, jetzt ergriff er meine Hand und drückte sie, während ihm die Tränen über die runzeligen Wangen liefen.

»Gott schütze Sie,« sagte er mit bewegter Stimme; dann aber fuhr er sich mit der Hand über die feuchten Augen und rief:

»Nun aber fort, fort! In wenigen Augenblicken steht mein alter Schimmel gesattelt vor der Türe, machen Sie sich eiligst fertig, jede Minute ist kostbar!«

Er eilte zur Türe hinaus und ich las schnell mit vor Erregung zitternden Händen die Papiere zusammen, um sie wieder in das Kuvert zu stecken.

Noch hatte ich die Blätter nicht alle wieder gesammelt, als ich leichte Schritte im Hausflur vernahm. Sofort erkannte ich sie – wie ein mächtiger, elektrischer Schlag zuckte es mir durch alle Glieder, das Papier knitterte in meinen erstarrten Fingern, das Herz zog sich krampfhaft zusammen – »Valeska! Valeska!« schrie es in mir.

Die Türe öffnete sich und die schöne schlanke Mädchengestalt trat herein. Sie trug ein Körbchen am Arm, das mit frisch gepflücktem Efeu gefüllt war; ihr zartes Gesicht, in dem sich eine heitere Ruhe wiederspiegelte, war von dem Waldspaziergange rosig angehaucht, eine dichte Efeuranke hatte sie sich leicht und anmutig über der Stirn in das braune Haar geflochten: ein bezauberndes Bild bot sie dar.

»Ein Brief ist wohl an meinen Vater –« fragte sie, noch in der Türe, hielt aber erschrocken inne, als sie meine starren Züge und die Papiere erblickte.

Über ihr sonniges Gesicht flog ein trüber Schatten, in ihren großen braunen Äugen leuchtete es auf, das Rot wich von ihren Wangen, einen entsetzlichen Augenblick sahen wir uns schweigend an. Dann atmete sie auf, wie nach einem Starrkrampf.

»Sind *das* die Schriften, die an meinen Vater abgegeben werden sollten!« brachte sie hervor, kaum ihrer Stimme mächtig.

Sie tat einen wankenden Schritt näher zum Tisch, fuhr sich mit der linken Hand, als ob sie ihre Erregung dämpfen wolle, über die bleiche Stirn und griff mit der Rechten nach den Papieren.

Jetzt aber durchfuhr auch mich wieder neues Leben, schnell steckte ich die letzten Blatter in das Kuvert.

»Sie sind es,« rief ich, »aber sie werden nie in die Hände Ihres Vaters kommen, denn sie wollen mit dem Gifte der Zwietracht und der Bestechung mein Vaterland verderben; sie wollen alle Hoffnungen des deutschen Volkes vernichten; sie wollen Verrat üben an unseren heiligsten Gütern!«

Mit bebender Stimme hatte ich die letzten Worte ausgerufen; mit flammenden Augen hatte mir das Mädchen zugehört. Ihre Brust wogte, ihr Atem jagte, ihr ganzes Wesen war sichtbar bis in's Innerste durchschüttelt.

»Sie werden Briefgeheimnisse zu bewahren wissen!« brach es jetzt aus ihr hervor.

Sie warf das Körbchen beiseite, daß die Efeuranken weit umher flogen, und trat näher.

»Diese Papiere verlangen nur geraubte Rechte zurück, sie wollen weiter nichts, als die Wahrheit beweisen: daß das gierig zerrissene polnische Volk eine gleiche Berechtigung zu seiner Existenz hat, wie andere Völker. Darum *fordere* ich diese Schriften von Ihnen zurück!«

Ein stolzer, herber Zug lag um ihren schönen Mund. Sie streckte die Hand nach dem Kuvert aus, aber ich wich einen Schritt zurück.

Ein Fieberschauer überfuhr sie. Mir war, als gerönne das Blut in meinen Adern.

»Erkühnen Sie sich nicht, die Privatbriefe zu rauben!« rief sie laut, indem sie ihr Haupt hoch emporrichtete, »Sie laden sonst den Fluch einer ganzen Nation auf sich!« »Und dennoch ist es meine Pflicht, diese gefährlichen Dokumente in die Hände des Staatskanzlers Hardenberg zu liefern!« versetzte ich fest.

Sie zuckte zusammen, die Efeuranke fiel aus dem braunen Haar, die dunkeln Augen blitzten mich an, die zarten, blassen Lippen zogen sich in bitterem Zorn zusammen.

»Mit meinem Leben bezahle ich das Glück meines Vaterlandes!« schrie sie und stürzte auf mich zu, um mir die Blätter zu entreißen. Doch in demselben Augenblicke durchschüttelte sie ein lähmender Krampf; mit den Händen fuhr sie sich nach dem Herzen – sie wankte, sie taumelte einen Schritt zur Seite und sank mit einem dumpfen Schrei zurück.

In höchster Bestürzung war ich hinzu gesprungen und fing sie noch rechtzeitig in meinen Armen auf. Aber ich zitterte noch von der zu mächtigen Erregung an allen Gliedern; ich vermochte darum auch nicht, die Last des auf mir ruhenden Körpers zu tragen und mußte sie leise auf den Boden gleiten lassen. Dann aber sprang ich zum Lehnstuhl des alten Melchior, holte das Rückenkissen und schob es sanft unter das Haupt der Ohnmächtigen. Nun kniete ich neben ihr nieder, erfaßte die willenlose, schlaffe kleine Hand und schaute angstvoll in das bleiche Gesicht. Da tat sie einen tiefen Atemzug und schlug langsam die Augen auf.

»O, mein Gott,« sagte sie leise, während sie sanft ihre Hand aus der meinen zog und die Tränen ihr unter den Augenlidern hervorzuquellen begannen.

Das Herz fing an, mir wieder lebhafter zu schlagen; es wurde mir wunderlich heiß, wie ich sie so begehrenswert vor mir sah. Der ganze bestrickende Zauber ihres holden Wesens schien sie zu umschweben. Und wiederum so hoch, so hehr, so heilig erschien mir ihr Schmerz um ihr verlorenes Vaterland.

Ich wollte aufstehen; ich wollte fort, aber ich vermochte es nicht; wie mit magischer Gewalt schien ich an sie gefesselt zu sein. Mir war, als jagte eine verzehrende Glut durch meine Adern, als müßten meine heißen Augen erblinden, als schnitte ich mir den Lebensnerv entzwei, wendete ich mich ab von dieser Gestalt, die ich so reizvoll noch nie vor mir gesehen. Meine geheimsten Gedanken und Wünsche, die ich bisher scheu zurückgedrängt hatte, durchbebten mich jetzt mit doppelter Macht – und sie, sollte sie von der Glut meines Herzens ganz unberührt geblieben sein – sollte sie vielleicht –

Ich wagte nicht weiter zu denken.

»Valeska!« rief ich, »lassen Sie die Geschicke der Welt, die kein Mädchenarm aufzuhalten vermag, ihren sicheren Gang gehen. Ist die sich vorbereitende Umwälzung erst vorüber, ist nach den Gesetzen der Gerechtigkeit blutig über den Korsen zu Gericht gesessen, kehrt der Friede wieder ein in die deutschen Gaue: dann werden auch Sie und Ihre Heimat dieser Segnungen teilhaftig werden, und auch Ihr Urteil über meine jetzige Handlungsweise muß dann ein anderes sein. Lassen Sie mich die beglückende Aussicht mit in den bitteren Krieg nehmen, daß ich zurückkehren darf zu Ihnen, wenn – –«

»Nein, nein, beim Himmel, nein!« unterbrach sie mich hier, indem sie aufsprang und mich, den erschreckt Auffahrenden, mit lodernden Augen, grausig schön, wie eine zornsprühende Göttin, ansah. »Mein Vater würde Sie niederschießen und ich – nun denn – leider fühl' ich sehr wohl, was Sie berühren – so mögen Sie es wissen: das wild wuchernde Unkraut wird heute aus meinem Herzen gerissen – und mag es darüber – – aber nein, nein,« brach sie ab und stampfte heftig mit dem Fuße auf die Diele, »das befreite Herz, das blind und töricht genug war, wird nur schlagen für die heilige Sache seines unterdrückten Volkes, und feinen glühendsten Haß wird es stets schleudern – –« Sie stockte, einige Augenblicke sah sie starr und sprachlos vor sich hin, die Farbe wich ihr aus dem Gesicht, ihre Augen umschleierten sich.

»Und doch, und doch!« brachte sie mit bebender Stimme hervor und faltete die zitternden Hände. Eine unendliche Wehmut legte sich über die schönen Züge. »O, mein Gott,« schluchzte sie, »was zertrümmern Sie mit diesem Schritt! Wirkungslos, spurlos geht vielleicht Ihre Tat dort draußen vorüber und hier schlägt sie unheilbare Wunden – wie glücklich lebten wir hier – und was hoffte ich alles!«

Noch immer stand ich regungslos. Mit jedem Blicke, mit jedem Worte ward sie reizvoller und sinnbestrickender. Mit ungestümer Macht trieb mir das Herz das Blut zu Kopfe; wie Blitze schossen mir brennende Gedanken durch das fieberhaft aufgewühlte Hirn. Ich mußte zu Melchiors Lehnstuhl treten und mich festhalten.

Plötzlich fühlte ich meine Hände erfaßt, ihre weichen Finger schlangen sich in die meinen – knieend sank sie vor mir nieder und weinte.

Mir schwindelte – »Ein Griff in deine Brusttasche – und sie läge beseligt und beseligend in Deinen Armen!«

In diesem Augenblicke knallte Melchior ungeduldig auf dem Hofe. Da sauste es mir auf einmal im Kopfe, als wirbelten hundert Trommeln, als brüllten tausend Kanonen – meine Trompete blitzte vor mir auf, als könnte ich sie fassen. »O, Gott im Himmel,« schrie es in mir, als wollten mir alle Nerven zerreißen, »führe mich nicht in Versuchung!«

Mit aller Gewalt, mit Aufgebot aller Kräfte brachte ich mich wieder zur Besinnung. Ich war entschlossen. Sanft legte ich ihre Hände auf die Armlehne von Melchiors Stuhl, trat schnell zurück und ergriff die Klinke der Türe. Noch einmal mußte ich zu ihr hinblicken – wie eine Betende am Altar kniete sie da.

»Behüte Sie Gott!« rief ich und stürzte zum Zimmer hinaus.

Auf dem Hausflur mußte ich erst wieder einen Augenblick überlegen, was ich denn eigentlich wollte, so wirr war mir im Kopfe. Dann aber sprang ich zu meinem Stübchen hinauf, raffte meine wenigen Sachen zusammen, hing meine Trompete und mein Waldhorn über den Rücken, warf einen flüchtigen, wehmütigen Blick in den stillen Schloßgarten hinunter, sagte meinen alten Hussiten Lebewohl und jagte die Treppe hinab. Unten dem bereits unwillig harrenden Melchior ein herzlicher Händedruck – einige kurze Worte über Valeska – und dahin sprengte ich durch die vom Hufschlag erdröhnende hohe Wölbung des Schloßtores, hinaus in die friedliche Landschaft.

In wilder Hast durchjagte ich das Dorf und die bekannten Felder, erst nach einer Stunde angestrengtesten Trabes wagte ich aufzuatmen und das Pferd langsamer gehen zu lassen.

Bald darauf nahm mich ein Wald auf. Während ich nun so dahin ritt durch diese erquickende Waldeinsamkeit, ergriff mich die Macht der eben bekämpften Gefühlsregungen aufs neue, eine schmerzvolle Wehmut überkam mich, ich hätte weinen mögen über das plumpe Spiel des Lebens – endlich holte ich meine geliebte Trompete hervor, ein Vers jenes Tieckschen Liedes, das ich damals in den Schloßgarten hinabgeblasen, zog mir durch die Seele, und so blies ich denn in den stillen Wald hinein:

> »Doch als ich die Blätter fallen sah,
> Da dacht' ich: Ach, der Herbst ist da!
> Der Sommergast, die Schwalbe, zieht,
> Vielleicht so Lieb' und Sehnsucht flieht.
> Weit, weit!
> Rasch mit der Zeit!«

Der Hradschin, das Königsschloß der böhmischen Hauptstadt, glänzte bereits im Abendrote, als ich in Prag einritt.

Zu meiner Freude erfuhr ich, wenn auch erst nach längerem Herumfragen, daß Scharnhorst angekommen sei. Bald gelang es mir auch, seine Wohnung aufzufinden, so daß ich bereits Zutritt erhielt, als der Diener eben erst die Kerzen ins Zimmer trug.

Das Herz klopfte mir stürmisch, als ich dem blassen, schwer leidenden Manne gegenübertrat, dessen großartige neue Organisation des preußischen Volksheeres mich stets mit der größten Bewunderung erfüllt hatte, dessen kühne Tapferkeit bei Groß-Görschen selbst das strömende Blut seiner Wunde nicht erschüttern konnte, dessen bange Sorgen um das Vaterland den »verwünschten Riß am Fuße« nicht hatte beachten lassen, der unerschrocken im Wundfieber die weite Reise nach Wien gewagt – und der jetzt, von heimlich schleichender, nichtswürdiger Arglist und unheilvollem Hofschranzentum zurückgedrängt, den Tod im Herzen, hoffnungslos auf einem Feldbett vor mir lag.

Ich trug ihm vor, was mich zu ihm getrieben, erst beklommen, dann wieder lebendiger, und zuletzt wohl ungestüm. Er ließ seine großen blauen Augen still auf mir ruhen, und als ich, über meine Erregung selbst etwas betroffen, geendet hatte, holte er tief Atem. Ich sah, wie ihn der Schmerz erfaßte, wie ihn der Kummer niederdrückte.

Eine kurze Stille trat ein, dann sagte er mit matter Stimme, während er, den Kopf nach vorn gebeugt, mit halbgeschlossenen Augen zur Erde sah:

»Es tut mir unendlich weh, und doch ist es so, der Feldzug im Mai hat es uns bewiesen: auch durch die heldenmütigste Aufopferung ist Preußen *allein* nicht imstande, das Joch Napoleons abzuschütteln. Österreichs tätige Mitwirkung ist unbedingt notwendig. Aber in welch' schlimmen Händen ist dieses Land! – Wohl ist nicht anzunehmen, daß die kalte Seele des Kaisers Franz durch die junge Verwandtschaft mit Napoleon besonders beeinflußt wird; noch weniger aber ist zu vermuten, daß die Begeisterung Preußens den selbstsüchtigen und kurzsichtigen, zwischen Ehrlichkeit und Falschheit schwankenden Monarchen erwärmt habe. Halb trotzig, halb schwach, gibt er sich in entscheidenden Fällen in die Hände seiner Diplomaten, denen die ›jakobinische Gärung‹, die ›Revolution in Preußen‹, zu wenig einträglich zu sein scheint, und die es darum mit dem Eroberer nicht verderben wollen. Aber durch Ihr kühnes Auftreten,« fuhr er hierauf lauter fort und blickte zu mir auf, »sind uns nun Beweise in die Hand gegeben, mit denen wir das unsaubere Treiben dieser Herren zu entlarven imstande sind. Die Bestechung Metternichs und seines gewissenlosen Genz durch die Polen, die Feinde deutscher Entwicklung, ist eine niederschlagende Schande für deutsche Männer. Durch Ihre Entdeckung ist es uns aber nun möglich, diese bloßgestellten Diplomaten zu *zwingen*, sich für eine bestimmte Partei zu entscheiden – und diese Entscheidung *muß* für eine *Allianz mit Preußen* sein. – Gott segne Sie für Ihre entschlossene Tat!«

Ein tiefer Ernst und doch auch eine hohe Freudigkeit kam über mich. Einen solchen Erfolg meiner einfachen Tat hätte ich nie geahnt. Die Erregung überwältigte mich, die Tränen rannen mir über die Wangen – auf die Kniee sank ich vor dem Bette nieder. Scharnhorst aber legte seine Hand auf meinen Kopf.

Eine weihevolle Stille trat ein; er sagte nichts, aber ich fühlte, wie seine Hand zitterte – und das war mir beredter als alle Worte. Bei allem, was mir heilig, gelobte ich mir, immerdar fest zur Sache des Vaterlandes zu stehen in guten und bösen Tagen – und ich habe es gehalten mein Leben lang. –

Scharnhorst schrieb nun einen Brief an den Staatskanzler Hardenberg nach Ratiborzitz, wo dieser nebst Stein und Humboldt mit Metternich, Genz und Stadion unterhandelten – und die Verhältnisse änderten sich bald. Am 27. Juni unterzeichneten Stadion, Nesselrode und Hardenberg zu Reichenbach den bekannten Vertrag, in welchem sich Österreich verpflichtete, am Kriege gegen Napoleon teilzunehmen, und eine der ersten Bedingungen desselben war die Auflösung des Herzogtums Warschau. Ich aber erhielt wieder von Stein den Auftrag, diese wichtige und freudige Nachricht an Scharnhorst zu überbringen.

Die Kunde von dieser Errungenschaft, für die er sich in aufopferndem Bemühen den Brand in seiner Wunde zugezogen, war sein letzter Trost; noch an demselben Tage meiner Ankunft in Prag, am 28. Juni 1813, verschied er.

Bittere Tränen habe ich damals geweint und beklagt, daß es ihm nicht vergönnt gewesen, das neue Erstehen des Vaterlandes zu erleben. Und doch lag etwas Beneidenswertes in diesem Tode. Zwar nicht die Frucht, aber die Blüte seines stillen Wirkens hatte er in aller Herrlichkeit noch aufgehen sehen – und die vielen Täuschungen der späteren Jahre haben ihm den Frühling deutschen Erwachens nicht verbittert.

Mich trieb es wieder zur Blücherschen Armee; ich ging nach Schlesien und wurde von meinem alten Regimente mit Freuden aufgenommen. Schon nach wenigen Tagen machte ich die Schlacht an der Katzbach mit. Hei, wie wir da den Herren Franzosen die Köpfe gesalbt haben! Nach diesem herrlichen Siege ging es mit Macht vorwärts, bis wir in der Schlacht bei Möckern und dann bei Leipzig dem verhaßten Volke mitsamt seinem Kaiser den Laufpaß gaben.

Für mich sollte der Tag von Leipzig noch eine besondere Bedeutung erhalten. Als ich am Nachmittage des 19. Oktober über den Marktplatz ritt, um mein Regiment, das ich verloren hatte, aufzusuchen, kam plötzlich Blücher auf mich zugesprengt und rief mir entgegen, daß ich ihm wie gefunden käme, denn Depeschen von Metternich seien durch einen sicheren Mann eiligst nach Prag an Genz zu bringen. Ich möge mich auf dem Rathause melden. Dort erhielt ich denn auch einen dickleibigen Brief, mit dem ich eiligst aufbrechen mußte.

Bald trabte ich aus dem betäubenden Lärme des Krieges in die Herbstlandschaft hinein der böhmischen Grenze zu. Munter ging's fort durch Tag und Nacht. Je näher ich Prag kam, desto wunderlicher wurde mir. Beim Ausreiten aus Leipzig war mir gar nicht eingefallen, daß ich schon einmal in und bei Prag gewesen war. Es war so eilig über Hals und Kopf gegangen, und dann hatte der Krieg, der Sieg in diesen Tagen mein ganzes Denken erfüllt. Aber als ich den Lärm hinter mir hatte, stieg mir die Erinnerung an jene Frühlingstage, die dem großen Sturme gegen den Korsen vorangegangen waren, in meiner Seele auf. Je näher ich der böhmischen Grenze kam, desto lebendiger, desto farbenreicher wurden mir alle diese Bilder der Vergangenheit, und als ich endlich eines Morgens weit hinten am Horizonte die Türme Prags auftauchen sah, da quoll mir das Blut mit aller Gewalt aus dem Herzen und ich mußte das Pferd anhalten und aufatmen.

Alles um mich her kam mir nun bekannter und vertrauter vor, mir war, als müsse der Hauch der Morgenluft, der mir das heiße Gesicht kühlte, auch sie umweht haben, als müsse auch sie diesen Weg dahingewandelt sein, ja als habe sogar der Saum ihres Kleides diese letzten Herbstblumen am Wegesrande gestreift. Und dann mußte ich wieder den Kopf schütteln und mich wundern über solche Gedanken. Lag denn das alte Schloß nicht noch mehrere Meilen seitwärts von Prag – und war es überhaupt nicht sehr fraglich, ob seine damaligen Bewohner jetzt noch dort weilten? – Mit solchen Gedanken ritt ich in Prag ein, aber auch der Lärm der Straßen konnte mich in keine andere Stimmung versetzen.

Meine erste Pflicht war es, mich bei dem Hofrat Genz zu melden.

Ich mußte mit meiner wichtigen Nachricht im Vorzimmer fast eine Viertelstunde warten. Drinnen im Zimmer hörte ich lautes Lachen.

»Das ist ja köstlich, süperbe, süperbe,« rief eine laute Stimme, »also auspfänden wollte man Sie, Baron?«

Endlich trat ein Herr in einem eleganten Mantel heraus und schritt vergnügt auf die Straße.

Ich ward nun vorgelassen.

Zwei Männer saßen behaglich an einem Frühstückstische. Der eine von ihnen, in welchem ich Genz wiedererkannte, stand jetzt auf und nahm die Depesche Metternichs in Empfang. Er erbrach schnell das Kuvert und hielt dann einen Augenblick überrascht inne.

»Ah, das lobe ich mir,« sagte er dann mit einer vornehmen Bewegung zu seinem Gesellschafter, »sehen Sie, mein lieber Baron, da können Sie abermals etwas von dem Grafen Metternich lernen. Er hat noch immer von dem reizenden Orange-Parfüm *Eau de Portugal*, das ihm die Herzogin von Sagan vor seiner Abreise schenkte.«

»Ah bah,« versetzte der andere unwillig, »Sparsamkeit kann man nicht lernen, die ist angeboren!«

Mir wurde es heiß vor Zorn über solch' albernem Geschwätz bei so ernster Sache.

Genz las nun den Brief, dann faltete er ihn wieder zusammen und legte ihn auf den Tisch.

»Nun ja,« begann er dann zu dem Baron gewendet, »das habe ich meiner kapriziösen Freundin Rahel schon vor vier Wochen geschrieben, Napoleons Stern geht unter. Die Verbündeten haben die französischen Heere bei Leipzig vollständig geschlagen.«

»Vollständig geschlagen!« rief der Baron und sprang freudig erregt auf.

»Ja wohl,« versetzte Genz ruhig. »*Sie* muß das allerdings sehr interessieren, denn Sie haben nun gegründete Hoffnungen, Ihre hessischen Güter wieder zu bekommen und Ihre Schulden los zu werden. Für mich – nun ja, da hat die ganze Sache nur noch ein dramatisches Interesse. Wissen Sie, über die Verliebtheit, mit der ich früher Politik trieb, bin ich längst hinaus. Dann aber – alles was recht ist – bin ich doch sehr zufrieden, daß der Kriegslärm nun bald ein Ende nehmen wird; es ist doch durch ihn manches angenehme Verhältnis ins Stocken geraten – und man wird von jetzt ab auch wieder ungestört seine Saison in Karlsbad haben.«

Ich weiß nicht mehr, was der Baron entgegnete, mir war es schwarz vor den Augen geworden; ein namenloses Entsetzen über diesen nichtswürdigen Egoismus ein Mannes, dem Deutschlands Wohl und Wehe mit anvertraut worden war, hatte mich ergriffen. Aber ich mußte, da ich im Dienste war, still stehen bleiben und warten, bis ich meinen Auftrag erhielt.

»Metternich will schleunige Antwort haben, will meine Meinung über das Schicksal des Königs von Sachsen und die Verfolgung Napoleons wissen,« fuhr Genz fort – »aber ich habe heute mit dem besten Willen keine Zeit.«

Er ging einige Schritte überlegend im Zimmer auf und ab.

»Heute Mittag diniere ich bei der Herzogin von Sagan,« überlegte er sich. »Sie hat neue eingemachte Früchte aus Italien bekommen, ich sage Ihnen, Baron, etwas ganz Exzellentes. Sie schickte mir heute Morgen ein Glas zur Probe – und dann muß ich notwendigerweise unserer reizenden, schwarzäugigen Komtesse in der Leopoldstadt noch mit einigen Zeilen zu ihrem Geburtstage gratulieren, sonst wird mir das kleine reizende Geschöpf – – doch halt,« unterbrach er sich hier, »diesen Brief kann ich auch jetzt noch schreiben. Sie entschuldigen mich wohl, liebster Baron. – Heute nachmittag um 5 Uhr ist die Depesche an seine Exzellenz, den Herrn Grafen von Metternich abzuholen,« sagte er zu mir in kaltem Befehlstone.

Ich machte kehrt. Gleich darauf stand ich draußen auf der Straße, aber ich zitterte am ganzen Leibe vor grimmiger Aufregung.

»Ist es möglich,« rief es in mir, »kann ein Deutscher so reden? Wäre er nicht wert, mit Schimpf und Schande von seinem Vaterlande ausgestoßen zu werden?«

Ich bestieg nun wieder mein Pferd und ritt langsam in Gedanken dahin. Plötzlich befand ich mich dem Gasthause gegenüber, in welchem ich damals den Schimmel des alten Melchior eingestellt hatte. Dies Wiedersehen erfreute mich. Ich stieg ab, nahm einen Morgenimbiß und erkundigte mich nach dem alten Melchior. Doch man wußte nichts von ihm. Er sei noch nicht wieder hier gewesen, hieß es. Auch nach den polnischen Emigranten forschte ich. »Ach,« meinte man da, »in diesem Herbste ist hier viel anders geworden; eine Masse Fremde sind abgezogen, auch von den Polen merkt man nichts mehr.«

Mir ward recht wehmütig nach diesen vergeblichen Fragen zumute. Ich hatte es mir nur nicht gestehen wollen, jetzt fühlte ich es aber: ich hatte doch gehofft, irgendetwas aus jenen Tagen zu erfahren – und nun war alles spurlos hinweggeweht.

Ich wollte mich auf andere Gedanken bringen und stand daher auf, um mir die alte Stadt wieder etwas anzusehen.

Zuerst wanderte ich nach dem Sterbehause Scharnhorsts und blickte zu dem Zimmer hinauf, in dem er verschieden war. Kinder spielten jetzt lustig an dessen Fenstern. Dann schritt ich durch den Altstädter Turm auf die Karlsbrücke, ging an den vielen Statuen der Heiligen vorüber, die, ganz wie ehedem, ernst auf mich herniederblickten, lehnte an dem Brückengeländer und schaute in die wirbelnden Fluten der Moldau hinab. Hierauf stieg ich zum Hradschin hinauf, der im hellen Morgenglanze vor mir lag.

Aus dem Dome klangen mir Orgeltöne entgegen – die weihevolle Melodie wehte mich wie ein sanfter Trost in Traurigkeit an – ich trat ein.

Es wurde eine Messe gehalten; verschiedene Andächtige knieten im Mittelschiff und an den Seiten vor kleinen Altären. Leise wandte ich mich an den Säulen vorüber nach dem stilleren Teile des Domes und blieb an einem kleinen Altare stehen, vor dem nur eine einzelne Dame an einem kleinen Gebetpulte kniete.

Ich lehnte mich an das Schnitzwerk und blickte in Gedanken versunken auf einen goldenen Sonnenstrahl, der hell auf die dunkeln Steine des Fußbodens fiel und in dem Tausende von kleinen Stäubchen tanzten. Die Orgel war mittlerweile zu einem feierlicheren Thema übergegangen, in erhabener Schönheit quollen die Töne herab – und ein wundersamer Friede zog mir ins Herz. Als die letzten Töne verhallten und der Gesang des Priesters wieder begann, atmete ich auf – die Wehmut, die mich niedergedrückt hatte, war verschwunden.

Ich mochte aber zu laut aufgeatmet haben, die Betende neben mir wandte sich leicht um und blickte zu mir empor. Verlegen wollte ich zurücktreten, als sich unsere Blicke trafen und ich erschrocken zusammenfuhr. Mir schwindelte; ich mußte mich fest an dem Schnitzwerk des Altars halten. Ein verdorrter Totenkranz fiel dabei auf die Fliese und eine Staubwolke wirbelte auf.

Wie mit einem Zauberschlage waren alle meine Gedanken durcheinander geworfen, zitternd starrte ich auf die Knieende, die wieder das Haupt tief auf ihr Andachtsbuch gesenkt hatte. Täuschte ich mich denn auch nicht, trieben meine Sinne denn auch kein entsetzliches Spiel mit mir – ich sah sie knien, so dicht vor mir, so nahe – und ich konnte mich nicht irren – nein, nein, es war nicht möglich –

ich hatte dasselbe Bild vor mir, das ich von jener Abschiedsstunde in meiner Seele trug. Ganz so, wie damals am Sorgenstuhle des alten Melchior, so lehnte die schlanke Gestalt auch hier am Altare – und jenes Antlitz – wandte es sich mir auch nur eine Sekunde lang zu –

»Beim Allmächtigen!« stammelte ich leise, indem ich mich wie betend etwas zu ihr hinab beugte, »Valeska, sind Sie es denn wirklich?«

Sie antwortete nicht, aber ich sah, wie ihre Hände auf dem Gebetbuche zitterten.

»O, reißen Sie mich aus dieser entsetzlichen Ungewißheit,« brachte ich weiter hervor, »sagen Sie mir ein einziges Wort, damit ich weiß, daß mich nicht Fieberphantasien umgaukeln!«

Sie wandte langsam das schöne Haupt nach mir zur Seite, aber nur wenig, nur daß sie mich sehen konnte – als sie mich aber erblickte und als ich ihr in die dunklen glänzenden Augen schaute, da zuckten wir beide zusammen. Dann beugte sie sich wieder über ihr Gebetbuch, aber bleich, bleich wie die Blätter ihres Buches.

Mir aber klopfte das Herz mit überwältigender Macht. Es war keine Täuschung, es war kein Trugbild – das waren dieselben schönen Züge, die ich unverwischbar mir durch alle Stürme des Krieges im Gedächtnis bewahrt, das war dieses selbe zauberische Auge, das mir so oft in meinen Träumen glänzend geleuchtet hatte. Und doch schien es mir auch wieder, als sei ein fremder Hauch über das Antlitz gegangen, der es anders gemacht habe. Angstvoll forschte ich mit meinen heißen Augen, aber ich vermochte nichts zu erspähen; nur ein Streifchen blasser Wange sah ich, auf dem ein kleines braunes Löckchen losgelöst sich ringelte.

Jetzt senkte sie den Kopf noch tiefer zum Buche nieder und lehnte regungslos auf dem Betpulte.

In demselben Augenblicke begann die Orgel wieder einen volltönigen Choral, der mächtig durch den weiten Dom brauste.

»O, Valeska,« rief ich nun leise zu ihr hinab, »hier führte uns der Himmel wieder zusammen. Die trüben Schatten, welche der Kampf zweier Nationen zwischen uns geworfen hatte, sind geschwunden;

Napoleon ist geschlagen. Es mußte so kommen. Die neue Ordnung der Dinge, die jetzt erstehen wird, kann auch für Polen nur segensreich sein. Und sie wird es sein, wenn eine Verständigung ernstlich angebahnt werden wird.«

Ich hielt beklommen inne – es entging mir nicht, sie war in tiefster Bewegung.

»Wenn Ihr Herz noch schlägt wie damals,« wagte ich, kaum hörbar, ihr weiter zuzuflüstern, »wenn Sie noch – –«

Ihr Atem jagte, ihre wogende Brust hob und senkte sich in stürmischer Erregung.

»O lassen Sie mich hoffen, daß Sie noch dieselbe sind, deren Bild ich während der ganzen schweren Zeit in der Seele trug, deren beseligender Zauber mein ganzes Wesen erfüllt, ohne« – –

Sie rang krampfhaft nach Luft – mir versagte die Stimme.

Gleich darauf schloß mit einem vollen Akkorde der Choral, und die Messe war zu Ende.

Ein dumpfes Getöse entstand durch das Aufstehen und Hinausgehen der Andächtigen; ein Diener in reicher Livree schritt an mir vorüber auf Valeska zu, sie stand auf und ich trat etwas zurück. Er hing ihr einen schwarzen, mit weißem Pelz verbrämten Sammetmantel über die Schultern, sie streifte sich noch die Handschuhe über die Finger, nahm das Gebetbuch und wandte sich um.

Es ging mir ein Schauer durch alle Glieder, als das schöne blasse Gesicht sich ganz zu mir wendete. Sie blickte mich mit ihren großen dunklen Augen ruhig an, und indem sie leicht und elegant grüßend an mir vorüber ging, sagte sie:

»Auf Wiedersehen!«

Ich vermochte kein Wort hervorzubringen, so überwältigend war der Eindruck, den die stolze Gestalt auf mich machte. Erst als das Rauschen ihres Kleides sich im allgemeinen Getöse verlor, schien mir das Blut wieder in die Adern zu rinnen.

Ich schaute ihr nach, aber ich sah sie nicht mehr, nur einem neugierigen Blicke des Bedienten begegnete ich noch.

Einen Wagenschlag hörte ich nun ins Schloß fallen, einen Wagen davonrollen – noch einige alte Leute schritten vorsichtig über die Schwelle des Portals – und leer und öde war der weite Raum des Gotteshauses.

Ein wehmütiges Gefühl des Verlassenseins überkam mich, ich blickte noch einmal zu der Stelle hin, wo sie gekniet hatte, und verließ den Dom.

Ich schritt wieder, ohne recht zu wissen warum, hinab in die Stadt, aber die Bilder und Klänge aus dem Dome ließen mich nicht los; mitten im Gewühl der Straßen hörte ich immer wieder sie sagen: »Auf Wiedersehen, auf Wiedersehen.« – Ja, das war ihre Stimme von ehedem, so klang sie damals im Schloßgarten, in der schattigen Laube.

Ich war wieder auf der Karlsbrücke angelangt, lehnte mich in die Böschung eines Pfeilers und schaute hinab in den Strom.

Und ihre Augen – ja, das waren dieselben großen, glänzenden Augen, in die ich so oft geschaut hatte, dieselben, die ich dann so oft in meinen Träumen vor mir aufleuchten gesehen. Und doch wiederum lag etwas Fremdes in diesen Augen, das ich nicht verstehen konnte. Und der Klang der Stimme – ja wohl, es war derselbe, den mir die Erinnerung treulich aufbewahrt – aber er war voller geworden, er hatte eine eigene Färbung erhalten. »Auf Wiedersehen,« nein, das hätte doch damals anders geklungen.

Da plötzlich erschrak ich. Wahrhaftig – wie fiel mir denn das erst jetzt ein – ich sollte sie wiedersehen, aber wo und wann? Sie konnte unmöglich wissen, wo ich abgestiegen war – und ich hatte mich ja bereits vergeblich nach ihr erkundigt. Stumm und ungeschickt hatte ich dagestanden, und nun – war sie mir nicht fast so gut wie abermals verloren? Doch nein, heute konnte sie vielleicht den Unerwarteten nicht sofort empfangen, auf morgen wollte sie sich wahrscheinlich die Zeit zurechtlegen, und ganz gewiß hatte sie gemeint, ich komme auch morgen vormittag wieder zur selben Zeit die Messe besuchen – aber, o, unglückseliges Geschick, wo mußte ich dann schon sein! denn gewiß noch heute abend hatte ich meine Rückreise anzutreten.

Entsetzt über diesen Gedanken starrte ich ins Wasser. Zertrümmert lagen wieder alle Hoffnungen vor mir. Aber ich wußte doch nun, daß sie sich in Prag befand, der größte Teil des Tages lag noch vor mir, sollte ich sie nicht noch aufzufinden vermögen?

Ein fieberhaftes Drängen kam über mich, ich machte mich eilig auf, um alle wohlhabenderen Stadtteile zu durchforschen.

Eine Straße nach der anderen durchsuchte ich – es wurde Mittag, es wurde Nachmittag – ich fand sie nicht. Allerlei Namen warf man mir durcheinander, die Kreuz und Quer schickte man mich. Mit immer ängstlicherer Hast eilte ich von Haus zu Haus, erschrocken fuhr ich bei jedem neuen Stundenschlage zusammen – schon rückte die Zeit heran, zu der ich bei Genz zu erscheinen hatte und noch immer war all mein rastloses Mühen vergeblich gewesen. Erschöpft bog ich eben um eine Ecke – und hielt überrascht inne: Valeskas Diener stand vor mir. Auch er war verwundert, doch brach er sofort in die Worte aus:

»Endlich treffe ich Sie! Nur noch in diesem letzten Gasthause hätte ich nach Ihnen fragen können – ich habe schon die ganze Stadt nach Ihnen abgelaufen. Ich sollte auf jeden Fall,« fuhr er fort, als ich noch immer nicht antwortete, »von meinem gnädigen Fräulein eine Empfehlung an Sie ausrichten und Sie bitten, mit meinem gnädigen Fräulein zu Mittag zu speisen. Dazu wird es aber nun doch wohl zu spät sein; Sie werden wohl schon gespeist haben.«

»Schnell, führen Sie mich zu ihr!« rief ich jetzt und erfaßte die Hand des Dieners, als hätte ich Angst, er könnte mir wieder verloren gehen.

Wir schritten durch einige kleine Gäßchen und gelangten dann auf den Wenzelsplatz.

Stumm waren wir nebeneinander hergegangen, denn mir wirbelten zu viel lange innig gepflegte Gedanken im Kopf, als daß ich ihn um gleichgiltigere äußere Verhältnisse Valeskas hätte befragen können.

Vor einem großen, schönen Hause blieben wir stehen.

»Hier wohnt das gnädige Fräulein,« unterbrach der Diener unser Schweigen.

In demselben Augenblicke schlug eine Turmuhr halb Fünf.

Wir traten ein und stiegen die mit Teppichen belegte Treppe zum ersten Stock hinauf.

Eine feine Eleganz zeigte sich überall.

Der Vorsaal war schon erleuchtet; eine Ampel, die von der Decke herabhing, verbreitete durch ihr rotes Glas ein sanftes Licht. Sie mochte eben erst angezündet worden sein, noch schwankte sie ein wenig hin und her.

Eine wunderliche Beklommenheit überkam mich. Der Diener öffnete die Türe und ich stand mit klopfendem Herzen in einem prächtigen, hell erleuchteten Zimmer.

In demselben Augenblicke tat sich die Türe an der anderen Seite des Zimmers auf und Valeska eilte mir entgegen.

»O, mein Gott!« rief sie, »was habe ich für Angst um Sie ausgestanden!«

Sie ergriff meine Hand und sah mir mit ihren dunklen, glänzenden Augen ins Gesicht. Eine leichte Röte hatte sich auf ihre zarten Wangen gelegt, ein reizendes Lächeln umspielte ihre frischen Lippen – sie sah bezaubernd schön aus in dieser freudigen Erregung, in die sie meine Ankunft versetzt hatte. Sie geleitete mich zu einem Sofa und setzte sich mir gegenüber.

»Sagen Sie mir vor allem,« fuhr sie dann fort, »zürnen Sie mir, daß ich im Dome nicht weiter mit Ihnen sprach?«

»Wie könnte ich das!« versetzte ich.

»Daran erkenne ich Sie völlig wieder,« fiel sie schnell ein, »Sie haben sich Ihr edles Herz ganz bewahrt. – Und so sieht man sich wieder,« setzte sie langsamer hinzu.

Eine kurze Pause entstand. Mir war die Kehle wie zugeschnürt und doch war mir jede Minute kostbar.

»Daß Sie mich sogleich erkannt haben!« sagte sie jetzt wieder lebhafter, nahm einen Fächer, der auf dem Tische vor dem Sofa lag, und schlug ihn auf.

»Ihr Bild stand mir unauslöschlich in der Seele,« brachte ich endlich hervor.

»Aber ich habe mich doch sehr verändert in der verhältnismäßig kurzen Zeit,« entgegnete sie, indem sie den Kopf nach vorn senkte und das Gesicht bis an die Augen mit dem Fächer deckte.

»Nicht *Sie* erscheinen mir anders, nur Ihre Umgebung ist mir neu, und darum kam es Ihnen vielleicht vor, als ob ich zuerst –« »Und was auch geschehen,« unterbrach sie mich fast heftig, »Sie verzeihen mir!«

Sie blickte über den Rand des Fächers zu mir hinüber.

»O, was hätte ich Ihnen zu verzeihen!« rief ich. »Die verschiedenen politischen Meinungen, die uns damals trennten, die sind zerfallen!«

»Sie haben recht,« sagte sie aufatmend, klappte den Fächer zusammen und warf ihn wieder auf den Tisch. »Sodann bin ich auch zu der Einsicht gekommen, daß Frauen sich nicht mit Staatsgeschäften abgeben dürfen, sonst kommen sie in das kunstreiche Räderwerk der Politik und werden zermalmt. Außerdem ist ja alles vorbei und Napoleons Stern geht unter!«

Bei diesen letzten Worten zuckte ich zusammen. Ich hatte sie ja erst heute Morgen bei Genz gehört – jetzt erinnerten sie mich an meine Pflicht.

»Was ist Ihnen?« fragte sie und blickte mich besorgt an.

Meine Augen hingen wie verzaubert an der reizvollen, üppigen Gestalt und ich sollte mich losreißen. Aber ich überwand mich mit aller Macht.

»Ich muß fort,« stieß ich hervor und berichtete ihr nun mit jagendem Atem den eigentlichen Zweck meines Hierseins. »Und dabei denken Sie nur an die Politik,« versetzte sie tonlos. »Ob Sie dabei ein –«

Ihre Augen füllten sich mit Tränen.

»Und nun ist alles wieder zertreten,« fuhr sie darauf fort. »O Gott, wie habe ich so oft in heißer Sehnsucht diese Stunde herbeigewünscht – und nun, da ich aus diesem schalen Glanze entfliehen könnte, entreißen Sie mir wieder Ihre Hand – und geben mich preis!«

In leidenschaftlicher Erregung hatte sie diese letzten Worte ausgestoßen und barg nun weinend ihr Gesicht in den Kissen des Sofas.

»Das sei ferne von mir, Valeska,« entgegnete ich aber ernst. »Schlecht ist der Mann, der seine Pflicht verletzt. Sie werden nicht wollen, daß ich Ihrer unwürdig werde. Sie haben mir die süßesten Hoffnungen meines Lebens neu erstehen lassen, Sie haben mir die Aussicht auf ein beseligendes Paradies eröffnet, meinem ganzen Sein –«

In demselben Augenblicke entstand auf dem Vorsaal ein Geräusch, über das ich zusammenschrak. Auch sie fuhr auf.

»Der Baron!« hauchte sie unwillkürlich.

Sie erhob sich schnell. »Wenn es denn sein muß,« sagte sie mit einem herben Lächeln, und über ihrem schönen Gesichte lag wieder der fremde, stolze Zug.

Man sprach laut auf dem Vorsaal. Sie schlug rasch die Portiere zu einem dunklen Nebenzimmer zurück und schlüpfte mit mir hinein.

Einen Augenblick lauschte sie, ich hörte es an ihrem Atem, dann fühlte ich mich plötzlich von zitternden Armen hastig umschlungen; heiße Lippen preßten sich leidenschaftlich auf die meinen.

»Du findest mich wieder, wenn Du wiederkommst,« raunte sie mir mit bebender Stimme in's Ohr.

»Und ich *komme* wieder, so wahr es einen Gott im Himmel gibt,« schwur ich mit heiligem Ernste.

Gleich darauf öffnete sich drüben an der anderen Wand eine Tapentüre. Ein matter Lichtstrahl fiel in das Zimmer.

»Belieben der gnädige Herr hier auszutreten,« rief mir der Diener leise zu und machte eine unzweideutige Handbewegung, die ein Trinkgeld erheischte.

Ich gab ihm einige Münzen, ich wußte nicht welche; wie betäubt stürzte ich die Treppe hinab durch die Straßen.

Fünf dumpfe Glockenschläge verkündeten die fünfte Stunde; gleich darauf trat ich bei Genz ein, nahm meine Depeschen in Empfang – und wenige Minuten später jagte ich in den dämmernden Abend hinein.

Bald wußte ich gar nicht mehr, daß ich schon wieder auf dem Pferde saß. Die Hände mit den Zügeln waren mir auf den Sattelknopf hinabgeglitten, und während das kluge Tier den Rückweg sicher verfolgte, war ich tief versunken in die Erinnerung an die eben durchlebten Stunden.

Ich stieg noch einmal die Treppe hinauf und schritt in das sanfte, rote Licht des Vorsaales. Dann öffneten sich mir die Flügeltüren und ich trat in das glänzende Gemach. Ein zarter Duft wehte mich an, wie von blühenden Orangenbüschen, wie aus den Zaubergärten der Prinzessin von Bagdad. – Und plötzlich stand sie vor mir, die stolze Zauberin. Ein magisches Feuer strahlte mir aus ihren Augen entgegen, ihre roten Lippen lächelten mich an, ihre warmen Hände ergriffen die meinen. Nun sanken wir auf die schwellenden Polster; ihr dunkles, seidenes Gewand knisterte leise, sie strich mit ihren schlanken weißen Fingern die bauschigen Falten zusammen und nahm sich den Fächer vom Tisch. Dabei senkte sie leicht das Haupt, und die Strahlen der Kerzen von dem Armleuchter, der auf dem Tische stand, schossen hinein in das braune, glänzende Haar, als wollten sie ein Diadem für eine Göttin flechten. Ihre Augen sandten mir Blicke zu, die mir bis in die Seele drangen; zu alle dem sprach sie süße, glutvolle Worte zu mir, daß mich ein Wonneschauer durchfuhr. Dann aber atmete sie schwer, und Tränen rannen ihr glitzernd über die erhitzten Wangen.

Aufspringen und sie umschlingen wollt ich, und ihr hinwegküssen alle die heißen Tränen, aber da ging mir auf einmal ein kaltes Wort durch die Gedanken, wie ein Reif in Frühlingsnacht legte sich lähmender Frost auf mein Herz.

Nun rauschte es um mich, die Lichter verschwanden, plötzlich brannte ein heißer Kuß auf meinen Lippen – ich fuhr erschrocken auf – einsam jagte ich durch das Dunkel der Nacht.

Jetzt besann ich mich erst wieder, daß ich mich ja auf der Rückkehr nach Leipzig befand, und daß ich bald wieder mitten im Lärm des Krieges sein werde. Allein die tief ernsten Bilder der Schlachten tauchten nur schattenhaft in mir auf; über alle noch vor uns liegenden Mühsalen schaute ich froh hinüber in die sehnlichst erhoffte, sonnige Friedenszeit, in der in rüstiger Arbeit sich jeder einen segensreichen Wirkungskreis schaffen werde. Auch für mich sah ich eine solche glückliche Zukunft; auch für mich sollte der große Überwindungskampf bei Leipzig solche schönen Früchte tragen – und mit ihr sollte ich sie beseligt teilen dürfen!

Das freudige Gefühl des Sieges überkam mich, meine Trompete zog ich hervor, und kräftig blies ich in die stille Nacht hinein:

»Heil Dir im Siegerkranz,
Herrscher des Vaterlands,
Heil, König, Dir!
Fühl in des Thrones Glanz
Die hohe Wonne ganz,
Liebling des Volks zu sein,
Heil, König, Dir!«

Es ist bitter, an diese Träume zu denken. Er hat die hohe Wonne nie gefühlt, er hat im Glanze des ihm von seinem Volke wieder aufgerichteten Thrones der ehrlich ihm dargebrachten Liebe nie getraut, sie nicht gewürdigt und ihr den schuldigen Zoll der Dankbarkeit versagt.–

In Leipzig traf ich das Heer sowie das Hauptquartier nicht mehr, man war bereits nach Frankfurt aufgebrochen - aber den Jammer und das Elend, die getreuen Folgen der entsetzlichen Schlacht, sah ich noch mich grauenvoll von allen Seiten angrinsen.

Von Frankfurt aus stieß ich wieder zur Blücherschen Armee und am Neujahrstage 1814 zog ich bei Caub mit über den Rhein in das französische Gebiet. Nun ging es vorwärts, aber nicht so glatt, wie man das wohl so später erzählte. In der nichtswürdigen Klemme bei Laon, wo unser armer Blücher krank darniederlag, und wo sich York, Gneisenau und Bülow uneinig hin und her zerrten, bekam ich für meinen Teil einen Prellschuß in's linke Bein. Es war aber nicht so schlimm; zudem behandelte ich die leichte Wunde mit aller Sorgfalt, denn ich wollte dieser Kleinigkeit wegen nicht um den Einzug von Paris kommen.

Auf allen unseren mühevollen Märschen aber, auf den einsamen Wachten in den rauhen Winternächten und mitten in dem stürmischen Auf- und Niederwogen des Krieges blieb mir Valeskas schönes Bild klar vor der Seele stehen, und die Hoffnung beseelte mich und ließ mich alle Mühsalen mutig bestehen, die frohe Hoffnung auf eine beglückende Heimkehr.

Mittlerweile kam es, und zwar am 30. März, zur Schlacht bei Paris; wir Blücherschen nahmen den Montmartre – und dann hatten wir unsere erste bittere Enttäuschung zu überwinden. Wir wurden um den Einzug von Paris, auf den wir uns den ganzen Feldzug über gefreut hatten, schnöde betrogen. Wir, die Sieger von Laon, hatten natürlich von den vielen Strapazen nicht mehr die saubersten Monturen. Voll bitteren Grolles mußten wir um die Barrieren der Stadt herummarschieren nach entfernteren Quartieren. »Sehen schlecht aus, schmutzige Leute,« hatte Friedrich Wilhelm III. geäußert. Wir waren eben nicht mehr parademäßig, wie die Garden – wir hätten ja mit unseren zerhauenen und zerschossenen Uniformen das Zartgefühl der Pariser beleidigen können.

In den Tuilerieen ging es nach dem Einzuge an ein Hin- und Herverhandeln, von dem mir anfangs wenig erfuhren, und von dem uns nur später zu Ohren kam, daß ein jämmerlicher Friede für Deutschland zustande gekommen war, denn Elsaß und Lothringen sollten uns nicht zurückgegeben werden, Kriegskosten sollte Frankreich an das ausgesogene Deutschland keinen Pfennig zu bezahlen brauchen, und alle die geraubten Kunstschätze sollte die gute Stadt Paris ruhig behalten dürfen.

Das verstimmte viele Patrioten sehr. Blücher saß ganze Nächte lang in den Kaffee-Stuben des Palais royal, suchte seinen Grimm durch Spielen zu betäuben und fluchte auf die nichtswürdigen »Diplomatiker«, die mit ihren Federn wieder verdarben, was die Schwerter gut gemacht hatten. Und unter Tränen gestand er einmal Gneisenau in diesen Tagen, wie tief es ihn schmerze, in seiner Jugend so wenig gelernt zu haben, daß er jetzt nur den Degen führen könne und nicht auch zwischen das Geschmeiß von Diplomaten zu fahren verstehe.

Männer aber, wie Arndt und Jahn, erhoben warnend ihre Stimme und schauten besorgt nach dem auf Elba verbannten Bonaparte, der bereits wieder über unheilvollen Plänen brütete.

Ich hatte damals noch Sonnenschein im Herzen, mir schwebten die Bilder meiner Rückkehr vor, ich sah im Traume ihre großen Augen mir in heißer Liebesglut entgegenleuchten – ich war voll schöner Hoffnungen. Darum sah ich auch froh in die Zukunft und meinte, wenn man immerhin etwas zu großmütig gegen Frankreich verfahre, so werde das dem Ansehen Deutschlands nicht schaden. Aber daheim solle man nur, wenn man zurückgekehrt, wacker aufräumen, damit Deutschland mächtig neu erstehe.

Dann malte ich mir aus, wie es sich in dem neuen Reiche leben müsse; wie man die Wissenschaften fördern werde; dazu hatte man durch die Gründung der Berliner Universität bereits den Anfang gemacht. Gewiß werde es auch mir dann vergönnt sein, mit arbeiten und fördern zu helfen; es könne mir dann nicht schwer werden, da man junge Kräfte brauche, eine Stelle zu erringen, die mir einen reichen Wirkungskreis böte. Mit dem Amte kam ja auch das Brot, und welche Freude dann, wenn ich vor sie hintreten konnte und sagen: »Den schalen Glanz (so hatte sie ihn ja genannt) biete ich Dir nicht, wohl aber das kernige, gesunde Brot des neuen deutschen Reiches!«

Das waren so Luftschlösser, die zu bauen ich viel Zeit hatte, denn unser Rückzug ging nicht so schnell. Die Monarchen allerdings kehrten heim und gingen dann nach Wien zum Kongreß, und mit ihnen der ganze Troß der europäischen Diplomaten; wir aber mußten noch immer die verschiedenen Departements besetzt halten.

So kam der Sommer, und auch der Herbst fand uns noch in Frankreich.

Ich hätte ihr gern einmal geschrieben, aber das war so umständlich; auch kannte ich ihre genauere Adresse nicht. Besonders zweifelte ich aber, ob sie den Brief empfangen könne, ohne daß unbefugte Augen ihn sähen. Ich unterließ das Schreiben daher.

Der Herbst rückte immer weiter vor; schon wurden wir mißmutig, als endlich der langsame Rückmarsch angetreten ward.

Freudig jauchzten wir, als wir den heimatlichen Boden wieder betraten, und als wir schließlich unsere Entlassung erhielten, da atmeten wir tief auf – eine schwere Zeit lag ja glücklich hinter uns.

Jetzt aber trieb es mich nach Prag; alle anderen Pflichten schob ich zurück – ich mußte *sie* erst sehen, mußte von ihr den schönsten Preis des Friedens empfangen.

In kürzester Zeit, ich ward nicht müde, legte ich den Weg nach Prag zurück. Hoch hob sich meine Brust, als ich die Türme der alten

Stadt wieder in der Ferne auftauchen sah. Den Weg durch die Straßen wußte ich noch ganz genau, alles war noch so, wie im vorigen
Jahre, und als ich auf den Wenzelsplatz kam, da sah ich mir schon
das große Haus, das sie damals bewohnte, hell entgegenleuchten.
Es sah noch ganz so aus wie ehedem. Schnell trat ich ein; als ich
mich aber in dem Hausflur befand, da machte doch alle einen
fremdartigen Eindruck auf mich. Eben wollte ich die Treppe hinaufsteigen, als mir ein Dienstmädchen mit der Frage entgegenkam, was
ich wünsche, und als ich ihr sagte, wen ich suche, antwortete sie
mir, daß das Fräulein nicht mehr hier und überhaupt wohl nicht
mehr in Prag wohne.

Mir war ein entsetzlicher Schreck durch die Glieder gefahren, als
das Mädchen das so gleichgültig sagte.

»Und ist es Ihnen nicht bekannt, wo sie sich jetzt befindet,« brachte ich hervor.

»Das wissen wir nicht,« versetzte sie kurz.

Sie wartete offenbar, daß ich gehen möchte, und ich ging; aber eine beklemmende Angst nahm ich mit. Wie betäubt trat ich auf die
Straße. War es denn möglich, konnten denn meine schönsten Hoffnungen so plötzlich in nichts zerfallen?

Ich wollte mir Mut einreden, ich schalt mich einen Hasenfuß, der
gleich alle Fassung verliert, wenn er jemanden suchen muß, der
ausgezogen ist. Ich eilte in mein Gasthaus, in welchem ich im vorigen Jahre abgestiegen war. Man erkannte mich wieder, vermochte
mir aber keine Auskunft zu geben.

»Es ist in diesem Jahre hier sehr bunt zugegangen. Viele Leute
sind zu- und noch mehr abgezogen.«

Das war eine trostlose Aussicht.

Ich stand ratlos da und starrte vor mich hin. Alle Spannkraft war
aus mir gewichen – was sollte ich nun beginnen. Ich fing an zu grübeln und verbrachte damit den ganzen Nachmittag. Am Abend, als
ich eben den Wirt fragen wollte, ob ich auch bei ihm übernachten
könne, schlug mich plötzlich jemand auf die Schulter. Verwundert
schaute ich mich um und erblickte zu meiner Überraschung den
Musikmeister unseres Regimentes. Er war, nachdem er seinen Ab-

schied erhalten, nach Wien gegangen, wo sich mit dem Kongreß ein buntes, lustiges Leben entwickelt hatte. Es war ihm nicht schwer geworden, ein einträgliches Amt zu bekommen, das ihn jetzt nach Prag geführt hatte, um böhmische Musikanten für die Faschingszeit, zu welcher große Festlichkeiten vorbereitet werden sollten, anzuwerben. Er kannte meine Fertigkeit auf der Trompete und dem Waldhorn und bat mich daher, mit ihm für diesen Winter nach Wien zu gehen, wo ich ein gutes Stück Geld verdienen könne.

Ein solches Einschiebsel lag allerdings nicht im Kreise meiner Berechnung, aber einesteils war mir jetzt, da *sie* mir wieder verloren war, alles, was ich tat, so gleichgültig, andernteils waren meine Taschen so leer – es konnte also nur ein Vorteil sein, wenn ich erst den Verdienst des Winters mitnahm, um dann mit ausreichenden Geldmitteln zu Ostern die Universität zu beziehen. Mit diesen Gedanken verband sich aber auch noch die leise, stille Hoffnung, daß ich sie vielleicht in Wien fände, wo jetzt die ganze feine Welt versammelt war. Es konnte ja irrtümlich in einer der mangelhaften Verlustlisten mein Name mit aufgeführt worden sein und nun beweinte sie vielleicht meinen Tod.

Ich schlug ein und schloß den Kontrakt.

Mit der Abreise ging es aber nicht so schnell: der Musikmeister mußte noch eine größere Anzahl von Musikanten zusammensuchen, war genötigt, noch in kleine benachbarte Städtchen zu reisen, und ich hatte derweilen ruhig in Prag zu warten. Ich besuchte daher alle Straßen, durch die ich im vorigen Jahre gekommen, besonders aber schritt ich täglich auf den Hradschin zum Dome hinauf, zu dem kleinen Seitenaltare, wo ich sie an jenem Morgen wieder erblickt hatte. Dann lehnte ich, während die Akkorde der Orgel weihevoll durch den Dom hallten, an dem Schnitzwerk des kleinen Altars, schloß die Augen und ließ die Bilder der Vergangenheit an mir vorüberziehen. Und dann stand sie wieder vor meinen geistigen Augen, so lebendig und klar, daß ich unmöglich glauben konnte, sie sei mir für immer entschwunden.

Je mehr ich mich diesen Gedanken hingab, je willenloser ich sie mich umgaukeln ließ, desto bestimmter wurde es mir, daß ich sie in Wien treffen müsse – ja es war mir schließlich eine Gewißheit in meine Seele gezogen – ich wußte selbst nicht warum – als könne es gar nicht anders sein, ich sähe sie dort wieder, wohin sie durch irgendwelchen Schicksalsschlag geworfen.

Mit Ungeduld erwartete ich den Tag der Abreise; mit einer ungewöhnlichen Aufregung fuhr ich in die geräuschvolle Kaiserstadt ein.

Ein betäubender Lärm umfing uns, eine Menge prächtiger Staatskarossen rollte in allen Straßen unaufhörlich auf und ab, glänzende Livreediener aus aller Herren Ländern drängten sich geschäftig hin und her, das war ein Jagen und Rennen, ein Ächzen und Eilen, denn es gab unzählige Bälle, Konzerte, Komödien und Ballets, Karussells, militärische Schaustücke und vieles Andere zu bestellen, herzurichten und abzuhalten – nur von dem eigentlichen Zwecke der Zusammenkunft vernahm man nichts. In den Spalten des »Österreichischen Beobachters«, der täglich viele Seiten Schilderungen von der Faulenzerei und dem üppigsten Genußleben brachte, suchte man vergeblich nach einem wirklichen Lebenszeichen des Kongresses.

Mich erfüllte diese unverantwortliche Prasserei mit Unwillen. Der heilige, schwere Krieg war wahrhaftig eines ernsteren Schlusses würdig. Ich wäre am liebsten wieder gegangen, hätte mich nicht die Hoffnung beseelt, sie hier zu finden, und wäre ich nicht durch meinen Kontrakt gebunden gewesen.

Es begannen bei uns Musikanten auch bald die Übungen, die uns sehr in Anspruch nahmen; die wenigen freien Stunden, die mir blieben, verwendete ich zu Nachforschungen; ich hatte mithin keine Zeit, mich auch noch mit politischen Gedanken zu beschäftigen.

So viel ich aber auch herumfragte, mich erkundigte und in jeden vorüberrollenden Wagen spähte – ich fand sie nicht.

Mittlerweile rückte es mit unserem Einstudieren immer weiter, und endlich konnte unsere Verwendung vor sich gehen. In einem großen Saale, der zu einer Art Kunstreiterzirkus umgebaut worden war, sollte ein Karussel zu Ehren des Königs von Preußen geritten werden. Junge Herren aus den Familien der Fürsten wollten es ausführen, und uns war die Musikbegleitung dazu übertragen worden.

Der Sieg der Germania über Frankreich sollte allegorisch dargestellt werden.

Die ganze Elite des Kongresses war geladen und hatte sich eingefunden, die Kaiser von Österreich und Rußland, mit dem Könige von Preußen in der Mitte, dann die Regenten von Bayern, Württemberg, Baden, Hessen, Nassau, das große Heer der Diplomaten und ein reicher Kranz der schönsten Damen harrten des prächtigen Schauspiels.

Es war ein berauschender Anblick, diese glänzende Menge von Zuschauern auf den amphitheatralisch um den Saal laufenden Sitzen. Wir Musikanten standen auf einem Balkone. Auf einen Wink blies ich hell das Signal, und herein in die Reitbahn sprengten reichgeschmückte Reiter.

Das prächtige Schauspiel entwickelte sich in schönster Ordnung. Meine musikalische Beteiligung war eine ziemlich bedeutende, fast immer hatte ich mitzublasen, teils Angriffssignale, teils Siegesfanfaren; nur vor dem letzten großen Triumphmarsch, den ich mit dem »Heil Dir im Siegerkranz« beginnen sollte und dem dann eine pomphafte Schlußgruppe, eine Verherrlichung Preußens und seines Herrscherhauses, folgen mußte, hatte ich einige Minuten Pause.

Ermattet setzte ich die Trompete ab und ließ meine Blicke über die glänzende Menge der Zuschauer schweifen. Rechts von der mit einer Art von Thronhimmel überspannten Loge der Monarchen hatten die hohen Militärs Platz genommen, und links saßen die Diplomaten, heiter mit ihren Damen plaudernd.

Mein Auge glitt suchend die Reihen entlang – Metternich sah ich mit einer üppigen Blondine scherzen, den Fürsten Talleyrand, den ehemaligen Minister Napoleons, sich mit verbindlichem Lächeln zu seiner Nachbarin neigen, den preußischen Staatskanzler Hardenberg seiner Dame mit süßlicher Artigkeit die Fingerspitzen küssen – aber auch der Ernst entging mir nicht, der auf dem Antlitz Humboldts und Steins deutlich zu lesen war. Ich wußte den Kummer zu deuten, der ihnen am Herzen fraß, und auch in mir stieg mit neuer Gewalt der bittere Groll empor, der mich stets überfiel, dachte ich an *das*, was der Kongreß sollte, und an *das*, was er trieb. Ja, strafend sogar trat es mir vor die Seele, daß ich selbst mich nicht entblödete, die leichtfertige Gesellschaft in ihrem gewissenlosen Taumel zu unterstützen, und ich hätte meine Fesseln zersprengen mögen –

hätte nicht in meinem tiefsten Innern eine Hoffnung gelauert, die mich wie mit Zauberfäden fest hielt.

Als ich mit solchen Gedanken in das bunte Schauspiel vor mir hinstarrte, sah ich zufällig, wie drüben an der anderen Seite der Arena hinter dem Fauteuil Metternichs eine kleine Bewegung entstand. Talleyrand erhob sich, dadurch ward mir der dahinter stehende Armsessel sichtbar – und wie vom Blitze getroffen zuckte ich zusammen.

Sah ich denn recht, durfte ich denn meinen Augen trauen – war sie es denn, war sie es denn wirklich! Es wurde mir schwarz vor den Augen, dann kam es mir vor, als tanze Alles um mich herum – ich raffte alle meine Kräfte zusammen – ja, da saß sie – mir war, als stände ich dicht vor ihr, so klar, so deutlich erblickte ich sie. Sie schlug die glänzenden großen Augen auf, aber nicht zu mir, zu der französischen Schlange. Und sie bewegte die rosigen Lippen, dieselben Lippen, die einst auf den meinigen gebrannt. Dabei erhob sich der Herr zur Linken – ich schauderte zusammen – ich sah in die schlaffen Züge des mir in tiefster Seele verhaßten, frivolen Genz – an *seiner* Seite fand ich sie also wieder!

Hätte mich ein Keulenschlag niedergeworfen, ich hätte mich nicht so gebrochen gefühlt.

Ein reich betreßter Diener trat mit einer Portion Eis herzu. Mademoiselle mochte gewünscht haben, sich die Hitze zu dämpfen, es war ihr gewiß zu heiß geworden. Es war eine Glut zum Ersticken im Saale, daß mir die Gedanken vergingen.

»Einsetzen, einsetzen!« raunte mir in demselben Augenblicke erschrocken mein Nebenmann in's Ohr.

Da fiel's mir erst wieder ein, wahrhaftig, ich stand ja noch unter den Musikanten und sollte den Spaß für alle die braven, vortrefflichen Leute mit erhöhen helfen – leider hatte ich vergessen, die Takte zu zählen.

Unwillkürlich, an die Dressur gewöhnt, führte ich schnell die Trompete an den Mund, dabei blitzte aber von den Strahlen der Kerzen mein blankes Instrument und wie eine göttliche Warnung sprang mir stechend der Glanz in die Augen.

Eine Wut überkam mich, als wäre mir das ganze Gebäude meines Lebens zertrümmert worden; das Hirn brannte mir, als wollte es mir den Kopf zersprengen – meine Gedanken verwirrten sich – Blüchers Augen blitzten in meiner Seele auf – »Blase sie stets zu Deutschlands Ehre!« gellte es mir in den Ohren – nein, bei Gott, das konnte ich hier nicht, oder ich mußte zum Meineidigen werden!

Alle Besinnung verließ mich, krampfhaft schleuderte ich die Trompete zu Boden, trat mit dem Absatz in das schöne Instrument, ein Stich durchfuhr mich, als griffe der Tod nach meinem Herzen – und ohnmächtig sank ich zu Boden. –

Aber ich fühlte noch, wie man mich schnell vom Boden aufraffte, aus dem Lärm des Festes hinaustrug und dann in einem stillen Nebenzimmer auf Polster niederlegte. Alle meine Glieder waren mir gelähmt, die Brust war mir zum Ersticken zusammengeschnürt, selbst die Augenlider vermochte ich nicht aufzuschlagen. So lag ich regungslos. Dabei hörte ich, wie verschiedene Personen zu mir herantraten und mich wahrscheinlich neugierig besahen.

»Beinah' hätt' ich vor Schreck zwischen der Fürstin Radziwill und dem Fräulein von Kaminski die Torte fallen lassen,« hörte ich jemanden beklommen mit etwas gedämpfter Stimme sagen.

»Ja, um ein gebildeter Hoflakai zu sein, muß man halt mehr verstehen, als bloß eine simple Torte zu servieren – man muß auch immer mit in der Situation sein,« versetzte mit schnarrendem Ton ein anderer.

»Ach, das ist Gered',« entgegnete der erstere unwillig, »das Fräulein von Kaminski war so überrascht von dem Unfall und –«

»Freilich,« wurde hier wieder in überlegener Weise eingeworfen, »meine alte Ansicht. Sie werden's halt nie zum Kammerdiener bringen; Ihnen fehlt halt, was man so sagt, der geniale Blick. Galante Damen sind allemal nervös – vollends wenn sie mit Herrn von Genz die Soupers und dann – – ha, ha – aber das wissen S' wieder nit. Unsereiner muß aber halt *alles* wissen.«

»Nun, so gebild't bin i am End' denn doch,« verteidigte sich der Angegriffene.

Entsetzt fuhr ich auf. Diese Worte rissen mich gewaltsam aus meiner Lethargie.

Die Lakaien wichen zurück. »Was sagten Sie da von dem Fräulein von Kaminski!« rief ich, fieberhaft erregt.

»Jesus, Maria, Joseph, halten's doch Ruh, im Saal wird ja eben der Triumph der Germania gezeigt,« fuhr mich sogleich der Schnarrende an, und mit einem verächtlichen Blick setzte er hinzu:

»Wohl eine alte Flamme! Hm, das Fräulein hat jetzt rentablere Verhältnisse, als daß sie sich noch mit Trompeterliebschaften abzugeben brauchte! – Meine Herren, zum Dienst,« wandte er sich dann mit einer gewissen gespreizten Vornehmheit an die Umstehenden – und gleich darauf war ich allein.

Ich sank auf das Polster zurück und starrte vor mich hin; ich mußte mich zusammennehmen, daß mir die Gedanken nicht abermals vergingen. Langsam drang mir ein eisiger Frost in die Glieder, Schweiß trat mir auf die kalte Stirne – da tönte plötzlich der gewaltige Schlußhymnus des Schauspiels aus dem Saale zu mir herüber, die Vorstellung war zu Ende.

Ich mochte mich nicht noch einmal den Blicken der Neugierigen aussetzen, ich raffte daher meine Kräfte zusammen, stand auf, ergriff meine zerknitterte Trompete, die neben nur auf einem Tischchen lag, und schritt hinaus auf die Straße. Es war bereits Abend geworden, eine große Menge Equipagen mit blendenden Laternen hielt schon vor dem Portale. Ich eilte schnell vorüber und bog in eine dunkle Gasse. Ich achtete nicht darauf, wo ich mich befand und wohin ich ging; in mich versunken, durchwanderte ich eine Straße nach der andern. Als wäre ich hinausgestoßen aus allem Erdenglück, als wäre ich hinein in eine endlose, dürre Wüste geschleudert – so ohne Zweck und Ziel, so gebrochen und so tief unglücklich fühlte ich mich. Dabei jagte sich in meiner Phantasie eine Unzahl von Bildern bunt durcheinander. Ihr Antlitz flackerte vor mir auf, erst unbestimmt, dann anmutig, entzückend schon, dann häßlich verzerrt. Gleich darauf befand ich mich in der Schlacht, ich hörte das Dröhnen der Geschütze, Blücher sah ich an mir vorübersprengen, und mitten dazwischen vernahm ich Valeskas fröhliches Lachen. Schnell huschte sie vorüber, nur ein Strahl aus ihren glänzenden Augen traf mich. Nun grinste mich das fahle Gesicht des Herrn von Genz höhnisch an, gleich darauf tanzte alles wirr um mich herum, ich schwankte; schnell griff ich nach einem Türpfosten, an dem ich eben vorbeistreifte – wo war ich denn und was hatte ich denn eben gedacht ... »Ist Ihnen nicht wohl, mein Herr?« fragte mich in demselben Augenblicke ein alter Mann, der an mir vorüberkam.

Ich dankte ihm, ich sei ganz frisch und munter, meinte ich, und der Mann ging weiter.

Ich nahm mich jetzt mit aller Gewalt zusammen. Wie schwachherzig und kleinmütig benahm ich mich doch! Auf das Gerede geschwätziger Lakaien hin meinte ich meine ganzen Hoffnungen vernichtet. Wie mannigfach konnten nicht ihre Schicksale gewesen sein, die es so gefügt hatten, daß wir bisher nichts oder nur Falsches voneinander erfahren hatten. Eine ganze Menge solcher Zufälligkeiten stellte mir meine geschäftige Phantasie schnell zusammen. Übereilt hatte ich mich vielleicht, von einem unüberlegten, kindlichen Zorn hatte ich mich hinreißen lassen. Sie, war zum Feste geladen worden, wie die ganze feine Welt, ebenso wie Humboldt und Stein, sie war höflich, artig gegen ihren Nachbar gewesen, wie es sich schickte. – Jubeln sollte ich, daß ich sie nun wiedergefunden! – Vielleicht harrte sie bereits sehnsüchtig meiner und ließ wohl gar nach mir suchen, wie damals in Prag – und ich eifersüchtiger Narr – ! Jubeln sollte ich – ich bebte zusammen – ich vermochte nicht fröhlich zu sein, meine schwere Bangigkeit ließ mich nicht los.

Da erinnerte ich mich, daß den Schluß der heutigen Festlichkeiten ein Souper und ein Ball bei Metternich machen solle. Unzweifelhaft war auch sie dazu geladen und ich mußte sie treffen, gelang es mir, Eintritt zu erhalten. Es genügte ja auch nur ein Augenblick in einem Nebensaale oder in einem Vorzimmer, um zu wissen, ob sie dieselbe noch von ehedem geblieben sei.

Ich erkundigte mich nach dem Namen des kleinen Platzes, auf dem ich eben stand, und fragte mich dann zurecht nach dem Metternichschen Palais.

Ich fühlte mich sehr ermattet, ich konnte die Füße kaum heben, aber ich gönnte mir keine Rast, bis ich das ersehnte Ziel erreicht hatte. Ich wußte mir Gelegenheit zu verschaffen, einzutreten; doch war mir zaghaft und beklommen zumute; nicht daß mich der Glanz und das vornehme Treiben im Hause eingeschüchtert hätte; das Gewagte meines Beginnens stand mir vor der Seele. Die nächsten Minuten sollten nur die Gewißheit bringen, ob ich meinem langersehnten Glück fröhlich zujauchzen konnte, oder – ich durfte nicht weiter denken, wollte ich mir nicht den Mut benehmen. Als ich in das Vorzimmer des Saales trat, hatte man sich eben zu Tische gesetzt. Ich bat daher einen Diener, das Fräulein von Kaminski zu ersuchen, einen Augenblick herauszutreten.

Der Diener ging und ich stand in peinvoller Erwartung. Bald darauf rückte ein Stuhl, nicht weit von der Saaltüre, und jemand stand auf.

In demselben Augenblicke vernahm ich auch ihre Stimme zum ersten Male wieder. Eine namenlose Angst befiel mich.

»Verzeihen Sie,« hörte ich sie sagen, »ich ließ mein Flacon drüben in dem Saale, wo das Karussell geritten wurde, liegen, vorhin schickte ich nun nach ihm, und jetzt wird man mir wahrscheinlich berichten, daß man es nicht gefunden hat.«

Ein Kleid rauschte, die Portiere ward zurückgeschlagen und sie stand vor mir. Als sie mich aber erblickte, wurde sie blaß wie eine Leiche. Die weißen Lippen preßte sie fest aufeinander und die schlanken Finger gruben sich krampfhaft in die Serviette, die sie noch in der Hand hielt.

Ich trat dicht an sie heran.

»Nun *ein* Wort, nur *ein einziges* Wort will ich hören,« flüsterte ich ihr ins Ohr, »nur ein heiliges Wort, damit ich die Schändlichen Lügen strafen kann, die den Ruf des Fräuleins von Kaminski gewissenlos verlästern!«

Sie zuckte zusammen und griff nach der Lehne eines Stuhles, der in ihrer Nähe stand. Die weiße Serviette fiel auf den Boden.

»Und wäre mir wirklich *echtes* Gift in die Seele geträufelt!« brachte ich hervor.

Regungslos blieb sie stehen, glanzlos starrte das schöne große Auge zu Boden.

Eine unsägliche Bitterkeit kam über mich und die Zähne knirschten mir zusammen.

Ich tat einen Schritt zurück.

»Abermals scheint die Vaterlandsliebe zwischen uns zu treten. – Wahrlich, es ist ein eigen Ding um den Patriotismus, der für das teure Heimatland selbst den Schmutz nicht scheut!«

In demselben Momente flammte es aber auf in ihren dunklen Augen, und die zarten blassen Lippen bewegten sich. Bevor sie jedoch den feinen Mund geöffnet hatte, ward die Portiere vom Speisesaale her zur Seite geschoben und Genz trat herzu. Sein schlaffes Gesicht zog sich in freundliche Falten und lächelnd rief er:

»Meine schöne Nachbarin, der Kapaun wird kalt, wenn Sie –« hier brach er ab, er hatte in das veränderte Gesicht geschaut.

»Aber was ist Ihnen, verehrteste Freundin?« fragte er erstaunt.

Sie zog die Augenbrauen zusammen.

»Ein Bettler belästigt mich,« versetzte sie, indem sie sich zu ihm wandte. »Darf ich Sie bitten, mich zur Tafel zu führen?«

Dabei nahm sie seinen Arm und war gleich darauf hinter der Portiere verschwunden.

Ich sah ihr nach, aber ich empfand nichts dabei. Wie bei Theaterstücken wunderte ich mich über die Schlagfertigkeit – dann schritt ich langsam zur Türe hinaus.

Auf der Schwelle begegnete ich einem Bedienten, der offenbar gelauscht hatte. Er blickte mich mitleidig an.

»'s ist halt Kongreß!« sagte er, wie um mich zu trösten ...

Als ich aus dem Palais auf die Straße trat, mußte ich erst lange nachsinnen, wo ich denn eigentlich wohnte. Erst verwechselte ich Wien mit Prag, dann warf ich die Straßennamen durcheinander und dabei vergaß ich immer und immer wieder den Namen der Straße, in welcher ich mich befand. Endlich schritt ich vorwärts, aber bald wußte ich wieder nicht, wo ich war. Nun fragte ich Vorübergehende, konnte sie jedoch nicht recht verstehen, so unklar, meinte ich, drückten sie sich aus.

Jetzt setzte ich meinen Weg nach eigenem Ermessen fort, allein ich merkte bald, daß ich ganz falsch gegangen sein mußte. Nun wunderte ich mich, daß ich so ruhig darüber blieb und nicht besorgt wurde, mich in so später Abendstunde in dem Häusermeer zu verirren.

Während ich so suchend weitertappte, bemerkte ich, daß ich immer matter wurde. Ich wollte mich einige Minuten ausruhen und setzte mich auf die Haustürschwelle eines großen, dunklen Gebäudes nieder. –

Ich schloß die Augen und legte die Stirne an den kalten steinernen Türpfosten. Als ich aber so saß, fing ich an zu schwanken, und mir war, als stünden viele Menschen um mich herum – ich hörte allerlei reden, aber ich wußte nicht, was man sagte – es wurde mir heiß, zum Ersticken heiß und die Gedanken vergingen mir. Bald aber fühlte ich mich wieder wohl, ich mußte geträumt haben, das wunderlichste Zeug mußte ich geträumt haben, als hätte ich geblasen »Feldeinwärts flog ein Vögelein« und als hätte ich dann singen hören, entzückend schön, so voll und so lieblich zugleich. Ich hätte mich gern genauer besonnen, wie der Traum gewesen war, aber je mehr ich sann, desto mehr zerrann er mir wieder im Gedächtnis, alles um mich her war still – an nichts konnte sich meine Erinnerung anklammern.

Und indem ich mich so suchend umsah, bemerkte ich erst verwundert, daß ich ja oben auf einem kahlen Berge stand. Den Berg hinab aber liefen eine Menge blauer Streifen, als hätte man zu Tal gepflügt und blauen Samen dick in die Furchen gesäet.

Wie mein Blick aber die Furchen genauer hinabgleitet, da erkenne ich nun, daß es ja blaue Wasserfäden sind, die schnell und ohne Ende den Abhang hinabschießen. Unten aber stürzen sie in ein großes Meer, das weit hin bis an den Horizont meinen Berg umgibt.

Ich schaue nach allen Seiten, aber überall nur das unermeßliche Meer. Und während ich noch so staunend stehe, gewahre ich auch noch, daß durch die unerschöpflichen Quellen meiner Insel das Meer immer größer und größer wird, wie es wächst und anschwillt, wie es immer höher zu mir emporsteigt, bis an den Rand der Scholle, auf der ich stehe. Ich sehe mich angstvoll nach allen Seiten nach Rettung um, aber ich erblicke nichts, als Himmel und Wasser. Ich schreie um Hilfe, aber mein Ruf verhallt über der weiten Fläche, von keinem menschlichen Wesen gehört ... Schon spülen die kalten Wellen mir über die Füße, gleich darauf schlägt mir der eisige Schaum an die Brust, die gierigen Wogen erfassen mich, sie reißen mich um – und brausend schlagen die Fluten über mir zusammen. – –

Viele Tage mochte ich besinnungslos gelegen haben; als ich eines Morgens erwachte, fand ich mich im Krankenhause. Ein nervöses Fieber hatte mich erfaßt, hatte mir alle Kräfte ausgesogen, mich gebrochen und dann wie eine Satire auf die Jugend liegen lassen. Wenn ich mich bewegte, so taten mir alle Muskeln weh, und schaute ich einmal nach dem verhangenen Fenster, durch das sich die helle Frühlingssonne vergebens durchzudringen bemühte, so schmerzten mich meine Augen.

Als ich so müde vor mich hinsah, gewahrte ich auch die blauen Streifen in dem Überzuge meiner Bettdecke, die ich im Fieberwahnsinn für hinabströmende Bäche gehalten und in deren Fluten ich dann zu ertrinken gemeint hatte. Ich mußte lächeln über die Phantasie, und doch hätte ich nichts dagegen gehabt, wäre sie wahr gewesen.

Mein Körper aber erholte sich, die Jugend übte ihre zauberische Macht, schon nach etwa 14 Tagen konnte ich auf einige Stunden das Bett verlassen. Nun erzählte mir auch ein Krankenwärter, wie sich mittlerweile die Lage der Welt so schnell und so bedeutend geändert habe. Napoleon sei von Elba nach Frankreich zurückgekehrt, der ganze Kongreß sei auseinandergestoben und ein neuer Feldzug gegen Frankreich entwickle sich bereits – schon seien die Heere aufgebrochen. Wien sei infolgedessen sehr verödet; allerlei schlimme Geschichten in der hohen Aristokratie seien zutage gekommen und ein Fräulein von Kaminski habe sich sogar in der Donau ertränkt ...

Ich hörte das alles mit an und verstand es auch, aber mir war, als brauchte ich es nicht zu glauben, als sei es doch eigentlich auch nur ein Traum, den ich erzählt bekäme. Erst nach und nach empfand ich die gewaltigen Tatsachen in ihrer ganzen Größe, und das jähe Ende Valeskas grub mehr und mehr einen tiefen Ernst in meine Seele, der mich dann die ganze übrige lange Zeit meines Lebens nicht wieder verlassen hat.

Noch verschiedene Wochen vergingen, ehe ich wieder ganz hergestellt war. Ich benutzte diese Zeit der Genesung, um über mein ferneres Leben nachzudenken und mir Pläne zu machen. Ich beschloß, auch an der ferneren Entwicklung meines Vaterlandes, das sich, so hoffte ich, nach diesem zweiten napoleonischen Überfall nur gesunder neugestalten werde, kräftig mitzuarbeiten. Doch vorher wollte ich noch etwas Tüchtiges lernen und darum wanderte ich an einem herrlichen Sommermorgen dem Norden zu, zog durch Schlesien und Sachsen und stellte endlich den Stab in dem trauten Jena, das mich ehedem so liebevoll und gastfreundlich aufgenommen hatte, in den Winkel.

Zu meiner Überraschung traf ich dort bereits eine größere Anzahl Gesinnungsgenossen. Aus unseren Ideen und Wünschen heraus erwuchs die Burschenschaft, welche am 12. Juni 1815 feierlich gegründet wurde. Begabte junge Männer, wie Riemann, Scheidler, Maßmann, Follenius, Binzer, Sartorius, traten ein und nährten goldene Träume für die Zukunft, für ein einiges, deutsches Kaiserreich ...

Aber die Zeit ward immer trauriger. Es zeigte sich immer erschreckender, wie man wohl Alles *durch*, aber nichts *für* das Volk tun wollte, wie Eigennutz, Mißtrauen, Unredlichkeit der Fürsten und Diplomaten das arme Deutschland um die sauer verdienten Früchte schändlich betrog. Würdige Männer, wie Arndt, Schleiermacher, Jahn und Andere, wurden verdächtigt, ja wie Verbrecher in die Verbannung geschickt. Widersacher, wie Kamptz, Schmalz, Haller, Kotzebue, traten wie schleichendes Gift den Einheitsbestrebungen entgegen. Unser Groll wuchs immer mehr, einer der Unsrigen, Ludwig Sand, ließ sich zur Ermordung Kotzebues hinreißen – und nun trat man uns, die man Volksverführer, Wühler, Demagogen nannte, mit entsetzlicher Grausamkeit entgegen.

Sand ward enthauptet; den armen Sartorius, der dem Freunde vor seiner Reise nach Mannheim das reiche blonde Haar im Bickebacher Walde abgeschnitten hatte, führte man gefesselt nach Wetzlar – und dann ging es immer bunter zu. Überall verhaftete man die Mitglieder der Burschenschaft, die Blüte der deutschen Jugend; in der Nacht selbst holte man sie aus den Betten und schleppte sie auf die Festungen. Die Demagogenriecherei wucherte in üppigster Fülle.

Jammer und Schande über die Zeit, in der man Denen, die den preußischen Thron mit hatten retten helfen, die in den Tagen der Knechtschaft das Feuer der Begeisterung in das bekümmerte und hoffnungslose Volk geschleudert hatten, die jetzt für die vielen kraft- und saftlosen Souveränchen ein einheitliches, mächtiges deutsches Reich verlangten, in der man *Denen*, sage ich, die Aufopferung und hochherzige Gesinnung mit Undank, Wortbruch, gemeiner Verfolgung und sogar mit Kerker vergalt! –

Ich mußte es mit bitterem Grimme sehen, wie meine besten Freunde über Nacht verschwanden – und als ich eines Nachmittags nach einem Kolleg in meinem Studirstübchen stand, kam ein Bekannter atemlos zu mir hereingestürzt und rief:

»Eilen Sie, eilen Sie, Ihr Verhaftbefehl ist schon unterzeichnet!«

Nur die schleunigste Flucht konnte mich retten. –

So verließ ich also Jena, das ich mit so viel Hoffnungen betreten hatte. Aber nun stand ich vogelfrei in der Welt, stets in Gefahr, eingefangen zu werden – wie ein Geächteter.

Erst verbarg ich mich bei Verwandten; das konnte aber nicht lange so fortgehen; dann wollte ich nach Amerika auswandern, aber ich vermochte es nicht übers Herz zu bringen, meine deutsche Heimat zu verlassen – da kam mir ein glücklicher Gedanke; ich konnte auf deutschem Boden bleiben und mich trotzdem abschließen von der Welt, mit der ich ja doch nicht leben durfte und wollte – wenn ich in die Einöde zog und mich jener Beschäftigung widmete, für die ich vom alten Melchior her noch eine warme Vorliebe hegte, wenn ich in die Lüneburger Heide zog und Bienenvater wurde. Bei unvernünftigen Tieren konnte ich dort ein geregeltes Staatsleben mit gerechten Gesetzen unterstützen und fördern, was mir ja bei den Menschen nicht vergönnt war ...

Mit einigen Talern, die mir ein alter Vetter mit auf die Reise gab, stahl ich mich über die preußische Grenze, nur begleitet von Homer

und Tacitus, meinem Säbel, der mich auf meinen Feldzügen begleitet und der mir lieb und wert geworden, meiner zerknitterten Blüchertrompete und meinem Waldhorn – alles Plunderkram für einen
Menschen, der nichts zu beißen hat, über den man hätte lachen
können, und doch Trostmittel, wie sie mir niemand hätte besser
gewähren können!

Wohl fraß mir in den ersten Jahren der bittere Groll heftig am
Herzen, aber nach und nach, als ich mich so von Jahr zu Jahr mehr
und mehr in das Einsiedlerleben hineinfand, als ich über meinem
kleinen Volke mit immer größerer Liebe und Sorgfalt wachte, da
lernte ich auch mit mehr Ruhe auf die traurigen Tage meiner Jugend und das Unglück meines Vaterlandes zurückblicken.

So wäre es sicher auch geblieben bis an das Ende meiner Tage,
und mir wäre ein nochmaliges schmerzhaftes Aufzucken erspart
geblieben – wäre ich klüger gewesen! ..

Aber eines Tages, ich schnitt gerade meinen Bienenstöcken den
Honig aus, es war im Anfang April, kam ein Schneider aus Ülzen,
der mir wohl dann und wann ein neues Kleidungsstück machte,
atemlos zugelaufen und berichtete mir, daß sich ganz Deutschland
in der größten Aufregung befinde. Arndt, Jahn, Uhland, alle die
bedeutenden Männer von ehedem, seien in Frankfurt zu einem
deutschen Parlament zusammengetreten, ein neues deutsches Reich
werde gegründet und jetzt sei eine Deputation auf dem Wege nach
Berlin, um dem Könige von Preußen, Friedrich Wilhelm dem vierten, die deutsche Kaiserkrone zu überbringen. Das ganze Land sei
voll Jubel und Alles jauchze dem neuen Kaiser entgegen.

Da wischte ich mein Honigmesser ab, hing es an die Wand, befahl
meine Bienen und meine Tauben im Giebel dem lieben Gott, und
steckte meinen alten grauen Kopf nach fast dreißig Jahren wieder in
die Welt.

Ich mußte schwer dafür büßen, denn ich mußte sehen, wie die
ganzen Bestrebungen, der ganze Jubel ein schreckliches Ende nahm.

Der König von Preußen schlug die Kaiserkrone aus, alle Unter-
nehmungen zerfielen, Sonderinteressen und Parteileidenschaften
entfesselten sich, die Empörung loderte auf, die Bayonette fuhren
zwischen das aufgeregte Volk, die Kanonen schlugen in die Reihen

der Bürger, alle die Männer, die es gut meinten mit der deutschen Sache, mußten flüchten, wollten sie nicht in die Staatsgefängnisse wandern; eine entsetzliche Verwirrung, eine jämmerliche Enttäuschung entstand, und die Willkürherrschaft lagerte schlimmer denn je auf dem beklagenswerten Vaterlande! ...

Mit blutendem Herzen kehrte ich in die Heide zurück und beklagte die Stunde, in der ich töricht genug gewesen war, an ein Auferstehen des deutschen Reiches zu glauben!

Nun aber habe ich den wenigen, die mit mir von Zeit zu Zeit verkehren, streng verboten, mir auch nur *ein* Wort von dem zu sagen, was da draußen vorgeht, es kann ja doch nur Trauriges und Schlechtes sein. Über zwanzig Jahre sind nun abermals vergangen, die Zeiten müssen schlimmer als je geworden sein, denn selbst die Wachshändler, die mich sonst regelmäßig jedes Jahr besuchten und mir meinen kleinen Wachsertrag abkauften, sind weder im vorigen, noch in diesem Sommer gekommen – aber ich will nichts hören, denn es ist mir entsetzlich, ohnmächtig dazustehen und nichts tun zu können, um den Untergang des teuren Vaterlandes abzuwenden!«

Der Alte schwieg, die Stimme hatte ihm vor Erregung bei den letzten Worten gezittert, nun wischte er sich eine Träne aus dem Auge.

Ich aber stand mit klopfendem Herzen auf, schritt in die Stube, holte die Nummer einer illustrierten Zeitung, die ich mir zur Erinnerung an den großartigen Einzug der siegreichen deutschen Truppen in Berlin, mit dem deutschen Kaiser an der Spitze, noch auf dem Bahnhofe in Göttingen gekauft hatte und die noch zufällig in der Tasche meines Sommerüberziehers stecken geblieben war, dann nahm ich einen brennenden Kienspan aus dem Kamin und schritt mit dem flackernden Lichte vor die Türe zum Alten, der noch still in seinen Schmerz versunken auf der Bank saß. Hierauf breitete ich das Bild schweigend vor ihm aus und beleuchtete es. Er wußte erst nicht, was das alles bedeuten solle; als er aber genauer auf das Blatt gesehen und die Unterschrift gelesen hatte, fuhr er zusammen. Dann blickte er fast ängstlich zu mir auf.

»Heiliger Gott!« rief er mit bebender Stimme aus, »wie soll ich das verstehen!«

»Wenn ich sprechen darf!« versetzte ich freudig, warf den Kienspan weg und ergriff seine zitternden Hände.

Und nun berichtete ich mit jubelndem Herzen von der Wiedererwerbung der Elbherzogtümer, dann von dem Sturmjahr 1866 und dem kühnen Vorgehen Preußens, welches das deutsche Volk, wenn auch nicht auf dem geträumten Wege des Friedens und der freundlichen Verständigung, sondern auf dem rauhen, aber auch nur einzig möglichen Pfade der Gewalt zu dem ersehnten Ziele der Einheit und Macht geführt hatte. Hierauf schilderte ich den großen kernigen Kanzler, der die Zügel des neuen deutschen Reiches fest in den geschickten Händen hält, malte den Neid, den die Franzosen über das Wachsen der deutschen Macht empfanden, pries die Einigkeit der deutschen Völker beim Auflodern des frech heraufbeschworenen Kampfes von 1870 und rief dann schließlich:

»Niedergeworfen ist also der letzte Feind unseres Vaterlandes, das mißgünstige Frankreich; ein würdiger Kaiser, Wilhelm der Siegreiche, steht an der Spitze unserer Fürsten und Stämme und über alle Lande hin strahlt die Herrlichkeit und Majestät des neuen deutschen Kaiserreiches!«

Staunend hatte mir der Alte zugehört, bei meinen letzten Worten stand er auf, erfaßte zitternd meine Hand und sagte ernst:

»Der Himmel lohne Ihnen die Botschaft tausendfältig!« dabei brachen ihm die Tränen aus den Augen, er wandte sich ab und ging in das Haus hinein.

Freudig und doch auch wehmütig bewegt blickte ich dem weinenden Greise nach, dann suchte auch ich mein Lager auf, denn es war schon spät in der Nacht und morgen in der Frühe wollte ich aufbrechen und Abschied von dem mir so lieb gewordenen Heide-Hause nehmen.

Lange konnte ich nicht einschlafen, bis mir endlich Erinnerungen an die holde Gesellschaft auftauchten, die ich damals auf dem Brocken verlassen hatte. Schöne, sanfte Augen sah ich mir freudig entgegenglänzen, rosige Lippen lächelten mir zu – alle die prächtigen erbeuteten Käfer umsurrten und umsummten mich – ich lag in süßen Träumen.

Ein leises Hämmern erweckte mich, erschrocken sah ich, daß der Morgen bereits weit hereingebrochen; schnell sprang ich auf und kleidete mich an. Zugleich bemerkte ich verwundert, daß die zerknickte Blüchertrompete über dem Blücherbilde verschwunden war.

Eben wollte ich zu dem Alten, den ich draußen vor dem Hause bemerkte, hinaustreten, um ihn über das vermißte Instrument zu befragen, als mir, indem ich über die Schwelle schritt, helle, frische Töne entgegenklangen. Erstaunt blieb ich stehen: mir gegenüber an der Seite der Türe erblickte ich den Alten, hoch aufgerichtet, die im Morgensonnenscheine blitzende Blüchertrompete unter den weißen Schnurrbart gesetzt. Und glockenrein und feierlich schallte der Schlußvers des berühmten Arndtschen Liedes in den stillen Wald hinein:

> »Das ganze Deutschland soll es sein!
> O Gott vom Himmel sieh darein!
> Und gib uns echten deutschen Mut,
> Daß wir es lieben treu und gut.
> Das soll es sein, das soll es sein!
> Das ganze Deutschland soll es sein!«

Nun setzte er die Trompete ab und indem er mir die Hand reichte, sagte er:

»Heute im Morgengrauen habe ich sie von ihrem Nagel, der sie fünfzig Jahre lang getragen, herabgeholt und habe ihr die Scharten ausgeschlagen, die sie in Wien erhielt, denn ihre Trauerzeit ist um.«

Nach dem Morgenimbiß packte ich meine Siebensachen zusammen und fühlte dabei, wie schwer mir der Abschied wurde. Bald darauf schritten wir beide aus dem Gehölz in die offene Landschaft hinaus.

Er begleitete mich so weit, bis ich die Turmspitze von Ülzen sehen konnte; über vieles fragte er mich noch unterwegs; über eine große Menge von hervorragenden Persönlichkeiten mußte ich ihm noch Auskunft geben – bis er mir endlich die Hand zum Abschied reichte.

»Nun will ich in Frieden sterben,« sagte er, »denn der Traum meiner Jugend ist erfüllt. Nehmen Sie den schlichten, aber heißen Dank für Ihre Botschaft mit in das aufblühende Leben des neuen Reiches hinein.«

Noch ein herzlicher Druck und wir schieden tief bewegt. Während ich aber frisch auf den Kirchturm von Ülzen losmarschierte, stand er noch lange, hatte die Blüchertrompete angesetzt und blies die feierlich-kräftige Melodie des Arndtschen Liedes.

»Das soll es sein, das soll es sein!
Das ganze Deutschland soll es sein!«

hallte es noch lange weithin über die stille Heide ...

Ein Jahr war seitdem vergangen, meine Insektenjagd in der Lüneburger Heide hatte mir köstliche Früchte getragen. In Folge meines Werkes über die Dipteren, das vermöge meiner reichen Beute in der Heide sehr wertvolle Bereicherungen erfahren hatte, flog mir eine Professur ins Haus und bald darauf küßten mich voll Seligkeit dieselben Lippen, die damals auf dem Brocken mir bitter geschmollt hatten. Ein alter Onkel aber nickte vergnügt dazu und machte lächelnd die nicht mehr ganz neue Bemerkung:

»Es ist nicht gut, daß der Mensch allein sei, besonders wenn er ein gelehrter Professor ist!«

In diesem Herbste machten wir unsere Hochzeitsreise, einen lieben Freund in England wollten wir besuchen. Ich hatte meiner jungen Frau jedoch so viel von dem Alten in der Heide erzählt, daß wir zu einem Besuch für ihn einen kleinen Umweg machten.

Sicher fand ich den Weg wieder, es war noch alles ganz wie damals. Als wir in den kleinen Wald eintraten, überkam uns plötzlich eine sonderbare Wehmut; langsamer und langsamer schritten wir dem kleinen Hause zu. Als wir auf den freien Rasenplatz traten, blieben wir betroffen stehen. Einen Grabhügel erblickten wir mitten auf der kleinen Wiese; ein hölzernes Kreuz stand zu Häupten; in der Mitte desselben war eine Nische eingemeißelt, und in dieser stand, leicht vergittert, damit sie wahrscheinlich nicht der Wind oder ein Tier herausreißen sollte, die Blüchertrompete. Um die Nische herum aber war in großer Schrift geschrieben: »Hier ruht in Frieden ein alter Blücherscher Trompeter, der noch den Glanz des neuen Reiches sah.«

Über tredition

Eigenes Buch veröffentlichen

tredition wurde 2006 in Hamburg gegründet und hat seither mehrere tausend Buchtitel veröffentlicht. Autoren veröffentlichen in wenigen leichten Schritten gedruckte Bücher, e-Books und audioBooks. tredition hat das Ziel, die beste und fairste Veröffentlichungsmöglichkeit für Autoren zu bieten.

tredition wurde mit der Erkenntnis gegründet, dass nur etwa jedes 200. bei Verlagen eingereichte Manuskript veröffentlicht wird. Dabei hat jedes Buch seinen Markt, also seine Leser. tredition sorgt dafür, dass für jedes Buch die Leserschaft auch erreicht wird.

Im einzigartigen Literatur-Netzwerk von tredition bieten zahlreiche Literatur-Partner (das sind Lektoren, Übersetzer, Hörbuchsprecher und Illustratoren) ihre Dienstleistung an, um Manuskripte zu verbessern oder die Vielfalt zu erhöhen. Autoren vereinbaren direkt mit den Literatur-Partnern die Konditionen ihrer Zusammenarbeit und partizipieren gemeinsam am Erfolg des Buches.

Das gesamte Verlagsprogramm von tredition ist bei allen stationären Buchhandlungen und Online-Buchhändlern wie z. B. Amazon erhältlich. e-Books stehen bei den führenden Online-Portalen (z. B. iBookstore von Apple oder Kindle von Amazon) zum Verkauf.

Einfach leicht ein Buch veröffentlichen: **www.tredition.de**

Eigene Buchreihe oder eigenen Verlag gründen

Seit 2009 bietet tredition sein Verlagskonzept auch als sogenanntes "White-Label" an. Das bedeutet, dass andere Unternehmen, Institutionen und Personen risikofrei und unkompliziert selbst zum Herausgeber von Büchern und Buchreihen unter eigener Marke werden können. tredition übernimmt dabei das komplette Herstellungs- und Distributionsrisiko.

Zahlreiche Zeitschriften-, Zeitungs- und Buchverlage, Universitäten, Forschungseinrichtungen u.v.m. nutzen diese Dienstleistung von tredition, um unter eigener Marke ohne Risiko Bücher zu verlegen.

Alle Informationen im Internet: **www.tredition.de/fuer-verlage**

tredition wurde mit mehreren Innovationspreisen ausgezeichnet, u. a. mit dem Webfuture Award und dem Innovationspreis der Buch Digitale.

tredition ist Mitglied im Börsenverein des Deutschen Buchhandels.

Dieses Werk elektronisch lesen

Dieses Werk ist Teil der Gutenberg-DE Edition DVD. Diese enthält das komplette Archiv des Projekt Gutenberg-DE. Die DVD ist im Internet erhältlich auf **http://gutenbergshop.abc.de**